LETTRES

D'UN

YANKEE

DU MÊME AUTEUR :

PARIS. — IMPRIMERIE ALCAN-LÉVY, 61, RUE DE LAFAYETTE.

LETTRES

D'UN

YANKEE

PAR

SAINT-PATRICE

PARIS

E. DENTU, ÉDITEUR

Librairie de la Société des Gens de Lettres

PALAIS-ROYAL, 15-17-19, GALERIE D'ORLÉANS

1879

Lettre I

I

Où Jonathan Smith se présente au lecteur

LECTEURS ET LECTRICES,

JE suis venu dans votre charmant et délicieux pays pour étudier votre état social, moral et politique, et pour transmettre mes impressions de voyage au *Boston Daily News*, journal qui est destiné à *enfoncer* (c'est le mot technique, je crois) le *New-York Herald* et le *London Times*.

Le *Herald* a beau envoyer Stanley au centre de l'Afrique, ce ne sera jamais qu'une belle idée et surtout une belle réclame. Il n'y a guère que Stanley qui n'embellisse pas à ce métier; peut-être eût-il mieux fait, pour conserver sa jeunesse et sa

fraîcheur, d'écrire un roman africain en trois
volumes, ce qui ne l'aurait pas empêché d'être
nommé membre de la Société protectrice des animaux, pardon, je veux dire de la Société de géo-
graphie.

Mon Rédacteur en chef n'est peut-être pas aussi
lancé que J. Gordon Bennett esq.; il n'a jamais gagné de courses de yachts, ni conduit un *mail-coach*
à une réunion particulière à la Marche, mais c'est
un homme pratique, descendant de cette fière race
de Yankees, inventeurs de pendules en carton, ne

marchant pas pendant dix ans et même plus. Le
génie de ses ancêtres, bien qu'engagé dans une
autre voie, s'est conservé et perpétué en sa personne, comme une tradition sacrée, comme un
héritage inaliénable.

Toutefois, malgré les efforts intelligents de
Samuel Jones, Rédacteur en chef du *Boston
Daily News*, les affaires ne marchaient pas trop,
elles ne marchaient même pas du tout, et c'est
pour remédier à ce fâcheux état de choses, que ma
présente mission m'a été confiée.

Depuis quelque temps, j'avais été vainement, à la
fin du mois, demander mes *fifty dollars* d'appoin-

tements. Après un trimestre de ce jeu, légèrement
ému et même un peu exaspéré, je me suis approché
de mon éminent *editor*, et, pour entrer plus facilement en matière, j'ai cru devoir me rappeler un
en-tête d'annonce que j'avais appris par cœur dans
un journal français. Je lui dis avec un sourire tout
parisien :

C'est donc aujourd'hui que nous faisons faillite !

Il me regarda avec des yeux étonnés ; un
fait très facile à expliquer s'était produit, mon
accent pur l'avait dérouté ; si je lui avais parlé avec
le *Yankee Twang*, il aurait immédiatement saisi ;
mais, que voulez-vous, les bonnes habitudes se
perdent si difficilement.

Cependant, sans comprendre le vrai sens de
mes paroles, l'esprit intuitif de Samuel Jones lui
permit de voir que j'étais légèrement monté.
Homme d'Etat comme tous les Américains,
même les plus humbles, il me répondit laconique-
ment, à la manière de George Washington ou
d'Abraham Lincoln :

— *I am not played out yet, old boy.*
Cette phrase, digne du grand Webster, et qui

ne serait même pas déplacée si on pouvait la tra-
duire en latin dans un discours de Démosthène
aux Visigoths, eut un grand retentissement dans
mon âme émue.

Mais je n'étais pas encore au bout de mes sur-
prises, et mon étonnement premier devait se chan-
ger en un ahurissement suprême, lorsque je vis
Samuel Jones tirer de son bureau un livre de
chèques et me remettre un carré de papier dont je
pris immédiatement connaissance.

Ce chèque m'ouvrait un crédit sur la maison
Drexel, Harjes and C°, banquiers, boulevard Hauss-
mann.

Je fus tiré de ma contemplation muette et quelque
peu niaise par la voix mâle de mon *editor*.

— Mister Smith, me dit-il, je viens de vous
donner une preuve de grande confiance. Je ne veux
pas comprendre les paroles inintelligibles ou tout
au moins hyperboliques qui m'ont annoncé votre
présence dans mon cabinet, alors que, plongé dans
de profondes réflexions, je machinais un plan vaste
et immense comme toute idée qui germe dans le
cerveau d'un *New-Englander*. Il ne s'agit de rien
moins que de mettre le *Boston Daily News* à la tête

du journalisme américain, voire même du monde entier. L'ombre de feu Bennett me hante et la

gloire de son fils et successeur m'empêche de dormir ; ma femme se plaint de moi, elle me dit que je suis plus terrible qu'une légion d'insectes nuisibles. Boston verse des larmes sur son *Daily News* qui semble atteint d'anémie, tous les Etats de notre glorieuse Union se groupent douloureusement autour d'un char funèbre pour conduire Samuel Jones et son journal à leur dernière demeure. Seul, pilote avisé, capitaine expérimenté, je conduis ma barque vers un port sûr.

Certainement notre pays peut se vanter d'avoir

produit les plus illustres inventeurs du monde
entier ; aucun peuple n'osera se confronter avec
nous sur le terrain des grandes découvertes. Depuis
les machines à coudre jusqu'à l'instrument destiné
à couper la queue des grenouilles, tout nous appartient. Mais je peux avouer, c'est même mon devoir
de le publier hautement, que toutes ces trouvailles
de l'intelligence américaine ne sont que des chevaux de bois à côté du dada que j'ai enfourché.

Après cette courte entrée en matière, mon
Rédacteur en chef s'arrêta un moment. Avant
d'exposer sa grande théorie, il crut devoir prendre
les précautions usitées en pareil cas dans les Etats
de l'Union et il fit venir deux *brandy cock-tails.*

Je bus silencieusement celui qu'il m'offrit et
j'attendis avec respect qu'il prît la parole. Cela ne
tarda pas ; quand il eut absorbé, dans un pieux
recueillement, l'estimable breuvage que je vous ai
nommé plus haut, il se tourna vers moi et parla :

— Il vous est arrivé, M. Smith, d'entendre
célébrer dans les journaux français et dans les
nôtres, un très récent produit qu'on a découvert
en France.

Il n'a pas moins fallu que le génie subtil de ce

peuple intelligent par excellence pour trouver une force destinée à remplacer l'eau, la vapeur, les chevaux, les moulins à vent, les vélocipèdes et tous les moteurs connus de l'homme et de la femme. Désormais, plus de transatlantiques, plus de chemins de fer, plus de ballons, plus d'omnibus; tout cela est remplacé par... LA SUEUR DU PEUPLE!

A ces derniers mots je m'évanouis.

La secousse fut trop forte pour mon système nerveux déjà ébranlé par les paroles énigmatiques de mon Rédacteur en chef.

Quand je revins à moi, Samuel Jones me tendit paternellement un verre de *mint-julep* qu'il avait charitablement fait confectionner pendant ma syncope. Je lui sus gré de cette délicate attention et je l'en remerciai en buvant voluptueusement cette délicieuse boisson.

A peine fus-je remis de ce léger trouble, que mon *editor* continua son discours :

— Mon cher Smith, me dit-il en me donnant un grand coup de poing affectueux dans les côtes, je vois avec plaisir que mon idée vous a frappé. C'est ce que je voulais. Vous allez être le pionnier de LA SUEUR DU PEUPLE.

Jusqu'ici j'ai vainement essayé d'en avoir; j'ai eu beau écrire au Rédacteur en chef de la *Continental Gazette* à Paris pour lui demander un flacon de cette liqueur précieuse; il a fouillé sans succès tous les marchés de la capitale, y compris la petite Bourse, sans pouvoir en trouver la plus mince gouttelette. Mais ne croyez pas que je me laisse décourager; je m'explique parfaitement la chose : c'est purement et simplement une question de monopole. Du reste, on en a vu de ce genre; prenons, par exemple, le guano du Pérou, matière qui, au moment de son invention, a failli incendier le monde; heureusement, elle n'était pas inflammable.

Vous en avez entendu parler, moi aussi; mais, en avez-vous jamais vu? En avez-vous jamais senti? Non, n'est-ce pas?

Eh bien, c'est *indigne,* et si moi j'étais à la tête de cette république, je protesterais énergiquement contre ce commerce ignoble qui nous prive, nous, citoyens libres de cette glorieuse Union, des bienfaits de cette féconde matière. Je ne parle pas des petits oiseaux qui cherchent vainement les cendres de leurs ancêtres. C'est affaire à la Société protectrice des animaux. Ce sont là, voyez-vous, les inconvénients des monopoles; le guano du Pérou et la sueur du peuple justifient mon indignation mal contenue.

Néanmoins vous pouvez, vous, homme supérieur, avec votre intelligence éclairée et votre activité ardente, faire pour moi ce que Stanley a fait pour le *New York Herald.*

Allez à Paris, visitez l'Exposition et certainement vous y trouverez un exposant habile, qui vous montrera quelques échantillons de ce fameux élixir, LA SUEUR DU PEUPLE.

Achetez-en des tonneaux... à crédit, naturellement, frétez des navires, des flottes de navires;

acquérez même les forces navales de la Belgique et de la Suisse ; celles-là vous pouvez les payer comptant ; seulement demandez qu'on vous rende la monnaie de votre pièce. Cependant, quoique la sueur du peuple soit la raison première et principale de votre voyage, vous pouvez cumuler et d'une pierre faire deux coups.

Toutes les semaines, par exemple, vous nous enverrez une correspondance nous tenant au courant de vos recherches scientifiques, et, en plus, nous donnant des détails sur l'Exposition, sur les mœurs des Parisiens et des Parisiennes de l'année 1878 ; enfin, vous aurez à nous dire tout ce qui peut intéresser les lecteurs intelligents du *Boston Daily News*.

Allez, mon cher Smith, j'ai parlé.

Après cette énergique allocution, mister Jones me donna un second coup de poing et allait me congédier ; mais il s'arrêta brusquement et fit venir deux *pick-me-up*.

Nous trinquâmes amicalement et échangeâmes de chaleureux *here's to you*. Ceci fait, je quittai, les larmes dans les yeux et le chèque dans ma poche, cet aimable Rédacteur en chef, et le lendemain, je me mis en route pour l'Exposition universelle.

Voilà, lecteurs et lectrices, l'explication que je vous devais. Si elle est de votre goût, je n'en serai pas fâché ; si elle vous déplaît, ne la relisez pas. Ma préface est une chose aussi facultative qu'une autre ; en ce monde, pour que les choses marchassent bien, il faudrait que tout fût dans le genre de ma préface : facultatif.

Malheureusement, depuis l'invention des tramways, on n'a pas toujours le droit de faire ce que l'on veut. J'aurais pu connaître, si l'occasion s'en était présentée, grand nombre de gens qui se sont fait vilement écraser par ces peu estimables véhicules et qui certainement n'auraient pas mieux demandé que de conserver leur corps intact et leur vie dans leur corps.

Pour leur malheur, les tramways ont aboli les principes facultatifs; ils ont usurpé le droit divin, ils ont même poussé l'outrecuidance jusqu'à contrefaire l'ange Gabriel en s'annonçant lugubrement aux victimes destinées à passer sous leurs roues. Ce n'est pas chez moi un parti pris, mais j'ai la conviction que les tramways ne sont autre chose que l'Antechrist déguisé, et je ferais volontiers pour eux ce que mon grand patron saint Patrice a fait pour les crapauds en Irlande : je les chasserais dans la mer.

Je saisis même cette occasion pour offrir à tout homme, femme ou enfant, une prime honnête et considérable, s'il m'indique un moyen simple, expéditif et radical de débarrasser le monde entier et les faubourgs environnants de ces monstres effroyables, traînant à leur suite une queue d'airain aussi dangereuse que la bête elle-même.

Mais laissons les tramways pour le moment, quitte à leur faire la guerre plus tard , quand l'occasion s'en présentera, et malheureusement elle se présente trop souvent.

Jonathan Smith vous étant maintenant aussi bien connu que si vous étiez l'auteur de ses jours et de ses nuits, vous pouvez, en toute sûreté, lire ses lettres adressées au *Boston Daily News*, lettres dans lesquelles il vous dira très franchement et très véridiquement tout le mal et tout le bien qu'il pense de vous.

Du reste, chers lecteurs, adorables lectrices, quoique vous n'habitiez pas Boston, je pourrais même dire surtout parce que vous n'habitez pas Boston, ces lettres peuvent avoir de l'intérêt pour vous. LA SUEUR DU PEUPLE qui se fabrique au milieu de vous est un élixir bien dangereux que vous ne connaissez que trop imparfaitement; de plus, je peux vous dire certaines choses que l'un de vous hésiterait à écrire. Les plumes braves deviennent de plus en plus rares, lorsqu'il s'agit d'attaquer autre chose que les prêtres et les faibles; on n'écoute pas les rares et courageux militants qui arborent vaillamment, au milieu des huées et des sifflets imbéciles, le drapeau de l'honneur et des fiers principes d'autrefois. Mais un *Yankee* peut aborder tous ces sujets sans trop vous froisser; c'est, du moins, son espoir.

2.

Lettre II

II

Où il est question des Parisiens et surtout des Parisiennes

 RRIVÉ à Paris, après une traversée qui m'a valu des émotions très violentes, j'ai pu, grâce à la Renommée qui m'avait annoncé de sa trompe d'or, trouver un gîte au Grand-Hôtel. Le directeur de cet établissement de premier ordre (genre réclame) m'a même offert les appartements du Schah de Perse, qui doit arriver sous peu dans la capitale. Je n'ai pas voulu accepter cette gracieuseté, craignant de provoquer une guerre intestine entre la France et la Perse. Vous pensez combien un conflit serait fâcheux pour la prospérité de ces deux pays et pour la tranquillité de l'Exposition universelle. De plus, comment trouver au-

jourd'hui un champ de bataille où l'on puisse se tailler en petits morceaux, agréablement? Impossible !

Vous êtes là, honnêtement occupés à vous perforer de balles ; crac ! voici qu'un bruit sinistre se fait entendre, et les musiciens des deux armées entonnent le refrain :

Voilà le tramway qui passe !

Cependant, vainqueurs et vaincus sont broyés sous les roues de l'épouvantable machine.

Depuis quelque temps, il me revient à l'esprit une chose qui ne m'a pas frappé pendant mon enfance : c'est que le Très-Haut, pour punir les méchants de la terre, n'ait pas fait inventer les tramways plus tôt. Au lieu des sept plaies d'Egypte, il aurait pu fonder la *Compagnie des Tramways égyptiens,* un-*limited*. En place du feu divin, il n'avait qu'à cribler Sodome et Gomorrhe d'un réseau de tramways formant un immense dédale qui aurait étouffé le peuple réprouvé dans ses liens de fer, ainsi qu'un poulpe aux tentacules innombrables.

Au reste, je suis navré de cet état de choses, et,

comme je suis de l'avis de ceux qui aiment mieux s'adresser au bon Dieu qu'à ses saints, je vais, un de ces jours, composer une prière que je répandrai aux quatre coins du globe : *Ad tramway exterminandum*.

Mais je m'oublie. Je vous disais donc que, trouvant un excellent logement, en plein Paris, je me suis senti immédiatement remis de mes nombreuses fatigues.

Après avoir bien dîné, je me suis rappelé l'objet de ma mission : « Trouver LA SUEUR DU

PEUPLE, étudier les mœurs des Parisiens et des Parisiennes. »

Toute réflexion faite, je me suis dit : LA SUEUR DU PEUPLE, c'est une grosse affaire ; mais, le soir, cela doit être plus difficile à dénicher que vers midi, une heure. Les Parisiens sont de charmants garçons que j'aime beaucoup ; pourtant, ils peuvent attendre un instant avant d'être présentés aux lecteurs du *Boston Daily-News* ; tandis que la Parisienne, ce chef-d'œuvre de la création, on ne peut la connaître trop tôt, ni même trop tard : c'est donc d'elle que je vais entretenir les lecteurs Bostoniens dans ma deuxième lettre.

O Muse, je t'invoque ; emmielle-moi le bec !
(REGNIER, Satire x.)

Ainsi que le naturaliste qui fixe sur un carton le lépidoptère aux ailes veloutées, de même il eût fallu que j'émoulusse ma plume comme une fine pointe d'aiguille, afin de pouvoir saisir et piquer au vif tous les défauts charmants et les innombrables qualités des belles créatures que je veux vous décrire.

Mais je ne suis pas de ceux qui se montrent

inflexibles à l'égard des femmes; je les prends avec toutes leurs faiblesses et les trouve adorables.

Vouloir éplucher la plus belle moitié du genre humain, serait se mettre dans le cas de ce héros de Rabelais, qui *jectoyt les maisons par les fenestres, ainsy estoyent esmundées d'air pestilent*. Si nous enlevions aux femmes leurs imperfections, qu'est-ce qui en resterait? Ne répondons pas à cette question indiscrète.

Je m'abstiendrai donc de partager l'avis de ces gens vétilleux qui, toujours juchés sur leurs ergots, battent des ailes et poussent des cris aigus lorsqu'on ne rentre pas dans la pitoyable catégorie des nullités à laquelle ils appartiennent.

De plus, je suis convaincu que, si la nature, en mère prudente et avisée, n'avait pas octroyé aux femmes une masse énorme de difformités (*morales*, bien entendu), elles seraient bien ennuyeuses. Comme ces grabataires qui différaient d'être plongés dans les fonts baptismaux jusqu'à l'heure de leur mort, j'attends, pour connaître la fausseté et la perversité de la femme, que l'âge m'ait rendu moins indulgent et moins galant.

Rassurez-vous donc, belles adorées ! Par ma plume, vous ne serez point honnies ; je la tremperais plutôt dans les eaux du Léthé, pour ne me rappeler que vos grâces, que rien ne peut effacer de mon esprit. Ainsi, vous me paraîtrez brillantes d'éclat, comme le diamant égrisé par un lapidaire habile.

S'il m'arrive de soulever, d'une main indiscrète, le voile du boudoir intime ; si, par hasard, je vous surprends en flagrant délit, ne vous en offensez pas, chères Parisiennes ; les Bostoniens ne vous en aimeront pas moins pour cela. Soyez persuadées que, le jour où vous abandonnerez vos parfums, vos dentelles, et... le reste, vous ne paraîtrez pas plus belles à nos yeux.

La femme nature ne manque pas de charme ; nous y prenons goût, de temps en temps, de même que l'on mange un plat grossier pour varier le menu raffiné et habituel. Mais il ne faut pas abuser des bonnes choses et encore moins des mauvaises. C'est pourquoi, délirantes Parisiennes, je vous préfère avec votre poudre de riz, votre noir, votre rouge et vos lacets, à la plus grosse, la plus hâlée, la plus innocente des filles des champs.

Il y a autant de différence entre la femme de Paris et la provinciale, qu'il y en a entre une forêt vierge et un parc bien entretenu. Les forêts vierges offrent de grandes ressources et des plaisirs sans cesse renouvelés aux fauves qui les habitent ; elles font aussi très bien en peinture, ou en vers, voire même en prose élégante. Mais je vous jure, sur la tête de votre grand'mère, qu'il m'est plus agréable de m'asseoir sur un banc en bois vert fraîchement peint, où je ne pourrai courir d'autre risque que celui de salir les pans de mon habit, que de m'étendre mollement sur un lit de serpents, ou de servir de déjeuner à quelque seigneur affamé de la forêt.

Pour les femmes, c'est la même chose : je préfère le bas de soie aux couleurs éclatantes qui serre voluptueusement les chairs de la Parisienne, au plus beau mollet bruni par le soleil et le grand air. Eussiez-vous, madame, un buste à faire frémir d'envie Vénus en personne, il ne sera jamais si bien qu'orné de légères baleines enveloppées dans du satin bleu ou rose.

« Chassez le naturel, il revient au galop, » c'est possible ; mais laissez-le revenir, harnachez-le bien, et il n'en sera pas plus mal pour cela.

Que voulez-vous, mesdames, vous savez qu'il ne faut pas être égoïste : il est bon d'être fidèle à ses amants, si l'on ne peut pas l'être à son mari ; mais, d'un autre côté, puisque les convenances sociales, la délicatesse morale et les lois divines vous font un devoir de ne donner votre corps et votre cœur, si vous en avez, qu'à un seul homme à la fois, il n'y a aucune législation qui vous défende d'offrir, aux mortels qui n'ont pas le bonheur de vous posséder, le spectacle de vos charmes. De même qu'un chat peut regarder un roi, laissez-nous vous contempler saintement, honnêtement, entourées des appâts dont la main habile de l'art sait orner votre belle nature.

Voilà, mesdames, ce que je voulais vous dire, avant de braquer sur vous mon objectif.

Maintenant, je vais choisir, parmi vous, quel-

3.

ques types, ceux qui font saillie en bien ou en mal.

Si je vous dis des vérités, ne vous en offensez pas ; car, comme je vous l'ai fait comprendre au commencement, vos défauts ne sont pas ce que vous avez de moins bien, au contraire.

Ainsi que nous l'apprend très sagement Corné-lius Nepos, de sainte mémoire, dans sa vie de Thémistocle : *Ab initio est ordiendum*, en d'autres termes : « Il faut commencer par le commence-ment. » Bien que je ne suive pas invariablement cet axiome de haute antiquité, comme vous avez pu voir, je veux bien m'y conformer pour cette fois.

Il se présente ici une petite difficulté, que je vais tâcher de résoudre à l'amiable, comme devant le juge de paix.

Quel est le commencement d'une femme ?

Cette question pourrait paraître indiscrète et même impertinente à certaines personnes facé-tieuses, mais elles font partie d'une classe de gens dont nous ne nous occuperons pas, vu qu'ils s'oc-cupent suffisamment d'eux-mêmes.

La femme prend véritablement possession de

son sexe le jour où elle devient capable d'aimer. Il y a des femmes à quinze ans, comme il y en a qui ne le sont pas à soixante-quinze.

Pour être femme, il n'est pas nécessaire d'avoir franchi le seuil de l'hymen ; il serait, en effet, triste et humiliant pour le beau sexe d'être subordonné à une cérémonie souvent ridicule pour prendre possession de son royaume, et il serait tout aussi désolant de soumettre cette prise de possession à une action matérielle.

Ce n'est donc pas le « Oui » sacramentel, ni la virginité ravie qui puissent faire une femme, à moins que l'amour ne vienne s'y joindre. La femme est une belle fleur qui éclôt au premier rayon du soleil de l'amour ; seulement, peu de fleurs conservent leurs feuilles veloutées aussi longtemps que les Parisiennes leurs innombrables charmes.

En général, si la femme ne devient quelque chose dans la création qu'à une période assez avancée de son existence, il en est autrement pour la petite Parisienne.

A peine a-t-elle fait entendre son premier vagissement enfantin, que déjà commence pour elle cette longue parade qui ne se termine qu'après son enterrement. Comme bébé, déjà, elle sort dans le landau de maman, enveloppée dans des flots de dentelles, sur les genoux d'une nourrice qui, elle aussi, joue son rôle. Nonchalamment appuyée sur le siége opposé, se trouve la jeune mère qui jouit du bonheur de montrer à tout Paris que, si la France se dépeuple, on ne pourra pas l'accuser d'y contribuer.

Un peu plus tard, Bébé, dans une mignonne toilette, va jouer dans les allées sablées des Tuileries. Elle commence déjà à savoir qu'elle est mieux habillée que tel autre bébé, et voit avec plaisir son petit cousin Georges, qui vient d'avoir cinq ans, se montrer plus aimable pour elle que pour son autre cousine Berthe.

Puis vient, au bout de quelques années, cette terrible épreuve, le couvent, où la jeune fille, resserrée entre des murs étroits, se dessèche comme une fleur qui manque de soleil.

Vainement elle se jette contre les barreaux de sa cage ; pour la petite pensionnaire, il n'y a pas d'issue : il faut attendre. Le monde n'admet la jeune fille dans son sein que lorsqu'elle est en état de se marier.

Jusqu'à ce jour, on la relègue dans des endroits obscurs, où elle végète en attendant le moment suprême, celui qui voit s'ouvrir la porte de sortie par laquelle il est nécessaire de passer pour pouvoir jouir de la vie et prendre possession de soi-même. Car, chers lecteurs bostoniens, la jeune fille, en France, ne ressemble ni à vos sœurs, ni à vos enfants. Ici on voit partout le mal, tandis que chez vous on voit toujours le bien.

Les deux systèmes ont du bon et du mauvais; c'est le moyen terme que l'on devrait adopter comme base de l'éducation féminine.

En France, lorsqu'une jeune fille est en âge de se marier, on la lance dans le monde. A partir de ce moment commence le défilé des aspirants et des soupirants. Si la jeune personne est *noble, riche* et *jolie*, elle épousera qui elle voudra, et pourra, à la grande rigueur, être heureuse.

Si elle réunit les deux premières qualités seulement, elle fera un mariage brillant... de raison ; mais le bonheur ne s'ensuivra peut-être pas.

Si elle est *riche* et *jolie*, elle épousera un duc et se séparera au bout d'un an.

Si elle est simplement *noble* et *jolie*, elle épousera un officier et aura quatre enfants.

Maintenant, si au lieu de réunir toutes ou deux des qualités précitées, elle n'en possède qu'une seule, elle se mariera peu ou ne se mariera pas.

Comme cette question peut offrir un intérêt pas médiocre aux lecteurs du *Boston Daily News*, nous allons esquisser les différents types que nous venons d'indiquer, en mettant la femme à côté de l'homme.

Commençons donc par la jeune fille *noble*, *riche* et *jolie*. Celle-là réunit toutes les qualités, cumule tous les avantages. C'est une magnifique nature, superbe et hautaine. Son front, comme celui de certains arbres, ne saurait être écimé. Accueillant

avec un sourire dédaigneux les louanges et les flatteries des courtisans qui l'entourent, elle est douce et aimable envers les humbles et les infortunés. Dans ses moments d'attendrissement et de poésie, elle rêve un jeune homme pauvre et idéal, comme celui d'Octave Feuillet; mais épousera, pour se consoler, un prince ou un duc. Cependant, malgré tous ses avantages, elle pourra chercher long-temps avant de trouver, parce qu'elle a le droit d'être difficile, et puis, au besoin, ses parents se chargent de ce soin. Pour se mettre sur les rangs, il faut avoir son nom enregistré dans l'almanach de Gotha, ou bien jouir d'une illustration telle que l'on puisse négliger cette petite formalité.

La jeune fille *noble* et *riche*, mais pas jolie, est prétentieuse et aigrie. Peu convaincue de sa lai-deur, elle verrait volontiers que les autres fussent pénétrées de sa beauté méconnue, et, loin d'accuser la nature de ce méchef, elle préfère pester contre le mauvais goût des hommes.

Jamais elle ne se regarde dans la glace sans se demander comment on peut la délaisser pour cette incommensurable faiseuse, Alix de Mirbray, la fille du duc. S'appelle Blanche, mais a la peau très noire; se baigne dans du vinaigre et ne boit que du fiel. Elle épousera un mammifère adulte et pressirostre, aux pieds mollets, au pannicule charnu, glorieux comme un paon empaillé dans un musée icthyologique, avec des yeux qui, comme ledit Pascal, s'éteignent et s'allument en même temps. A ses autres qualités, ajoutons qu'il est pansard et goulu, possède la légèreté d'un hoplomaque, l'amabilité d'un Ostrogoth, et les manières gourdes et empesées d'un fruit sec de la famille des batraciens. Tout cela ne l'empêche pas d'être membre des conseils d'administration de plusieurs grandes Compagnies qui exploitent la sueur du pauvre peuple.

Celui-là épousera donc personne noble et riche, affreusement laide, mais ayant de très belles relations ; le tout fera parfaitement l'affaire de notre moderne mamamouchi.

La jeune fille *noble* et *jolie*, c'est une mignonne petite fée, tout charme, tout sourire, vision séraphique et éthérée. Sait bien qu'elle n'a qu'une mince dot, mais s'en moque et n'envie pas la chevance d'autrui. Son cœur lui dit très nettement qu'il y aura toujours un homme assez intelligent pour essayer de la rendre heureuse. Si elle est pauvre, elle a des qualités pondératrices sérieuses.

Son gai sourire vaut une mine d'or, et le timbre
argentin de sa voix mélodieuse fera résonner d'un
écho également doux les murailles de marbre ou
de plâtre.

Son prétendant, officier de chasseurs à cheval,
lui dira : « Mademoiselle, je désire déterminément
vous épouser. » Et il aura raison, le petit chas-
seur ! Car, plus tard, quand il reviendra crotté ou
poudreux des manœuvres et autres facéties, il trouvera, en franchissant le seuil conjugal, une petite
femme pour l'enlacer dans ses bras et lui faire
oublier les grandeurs et les servitudes de son
métier.

La demoiselle *riche* et *jolie* est fille d'un opulent
banquier. Ce banquier n'est pas anti-scrofuleux ni
insecticide, et, s'il n'était pas archi-millionnaire,

il serait sans doute aux galères pour escroquerie.
Son héritière meurt d'envie d'avoir un titre, épou-
serait un rat mort, pourvu qu'il fût de noble race.
Cette beauté fugace et évaporée offre une union
fruitive, mais éphémère ; fruitive, en ce qu'elle
fera l'affaire de l'homme taré qu'elle épousera,

pilier de cercle et de tables de baccarat, fréquenta-
teur assidu de soupers de petites dames, où jamais

il ne paie son écot. Mais cet homme est titré, et tant pis! Il est même duc ou prince, et tant pis encore!

On en voit comme cela, à Paris, traînant des noms illustres, qui, par malheur, sont attachés à leur ignoble carcasse, à la promenade autour du lac, et qui n'ont pas honte d'étaler leur fétide ivresse dans un jardin Mabille quelconque. Puis l'on s'étonne de voir le peuple suer! Avec des gens comme ceux-là, ma foi, on suerait à moins.

Si encore les hauts faits de ces seigneurs se bornaient là, ce ne serait qu'une pourriture méprisable, indigne de notre attention. Mais il faut que ces parasites de haute volée tombent plus bas même que les Alphonses de barrière (ceux-là ont, au moins, l'excuse de leur prolétariat), et que, non contents de se faire payer à souper par une pauvre déclassée, ils poussent la turpitude au point d'avoir chevaux et voitures à ses frais.

Aussi, la fille du juif trouve-t-elle facilement la pâture qu'elle désire ; elle aura le titre et le blason terni qu'elle ambitionne ; l'indigne descendant des croisés posera sa bouche à l'haleine avinée sur le front pur et virginal de la fille de l'escompteur.

Souhaitons-leur tout le bonheur qu'ils méritent, et passons outre.

Nous arrivons, maintenant, à la jeune fille qui n'a pour elle que la noblesse de ses aïeux. Celle-là se mariera avec un homme de son monde, bien coté au faubourg Saint-Germain. Trente-cinq ans, favoris blonds, moustaches idem, type du grand seigneur anglais. A une écurie de courses, est membre du Jockey, ainsi que son père. Il ressemble beaucoup à ce dernier ; on les prend même souvent pour deux frères. Seulement, le vieux marquis n'est pas raisonnable ; il a des faiblesses pour les petites étoiles des Bouffes et de la Renaissance ; a failli étrangler mademoiselle Piccolo dans ses bras et assassiner la petite Luce d'une œillade meurtrière.

Heureusement, le fils est là pour racheter, par son irréprochable tenue, l'inconduite de son père. Une fois marié, passera neuf mois de l'année en Normandie à élever ses moutons et ses enfants.

La jeune fille *riche* de la bonne bourgeoisie n'est pas jolie, mais elle est bien élevée et a de bonnes manières. Si elle ne possède pas des seins abondants, elle a, du moins, été élevée dans le sein

4.

de l'abondance, ce qui revient au même pour l'homme qu'elle épousera. Son père, membre illustre du barreau, la donnera à quelque jeune député, ministre de l'avenir.

Au physique, un pantin congru, à l'esprit guingois, gesticulant comme un moulin à vent, hâbleur, péjoratif et harangueur ; une tête d'autruche, le menton et la lèvre supérieure rasés, comme un laquais de bonne maison. Il essaie de loger, dans les commissures de ses lèvres, un petit bout de sourire narquois ; mais il ne réussit qu'à repro-

duire l'embouchure d'une carpe ayant mangé trop
de truffes. Il décréterait volontiers l'ostracisme
contre tous ceux qui ne portent pas dans le dos un
panonceau notarial. Au moral, il produit l'effet
d'une girouette enflammée sur laquelle crachent
cinq pompes à vapeur. Il se marie, croyant trouver
l'argent et le bonheur, mais se trompe sur ce dernier point. Il aura des enfants, qu'il devra aux offi-
ciers de la garnison, conjointement avec sa femme.

La jeune fille *jolie*, mais sans fortune, trouvera,
si elle n'est pas trop difficile, quelque riche banquier désireux de joindre à ses écus la réputation
d'avoir une jolie femme.

Voilà, chers Bostoniens, une vague idée de cette
terrible engeance, les filles à marier, que j'ai eu
l'honneur de vous présenter avec leurs respectables
époux.

Pour bien faire, je devrais, maintenant, étudier
les belles-mères; mais je ne m'en sens pas le cou-
rage. Du reste, à dire la vérité, ces dernières ne
varient guère d'une hémisphère à l'autre. Je ne
vous apprendrais rien de neuf sur leur compte, ni
assurément rien de bon. C'est pourquoi je m'abs-
tiens pour aujourd'hui.

Il me reste encore à vous peindre une catégorie
de femmes (malheureusement, ce n'est pas la moins
nombreuse), celles qui ne sont ni jeunes filles, ni
épouses. Si vous le permettez, nous causerons de
celles-là un autre jour. Je le voudrais, qu'il me
serait impossible de vous en écrire plus long aujourd'hui. Le courrier part. Au revoir, donc !

Lettre III

III

OU il est Question du tourNoi Pacifique

OLLECTIVEMENT parlant, l'Exposition universelle est certainement le plus beau bazar à treize sous qu'une République ait pu rêver. La Ménagère (chauffage économique), le Louvre (patrons découpés), la Belle Jardinière (habillements d'hommes) ne sont que des marchands de bretelles à

5

côté de ce vaste magasin de camelotte, que vous appelez, chers Bostoniens, le *World's fair*. Heureux les peuples qui n'ont pas de foires, car, foi de Yankee, jamais le Creuzot ne pourra produire une scie aussi immense que cette Exposition qui contient son fameux pilon.

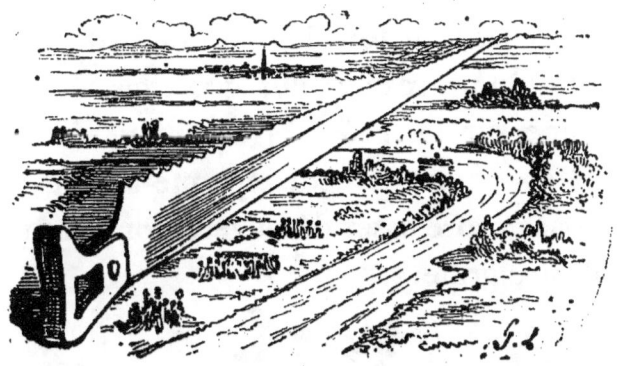

Pourquoi a-t-on créé les expositions, en somme ? Le savez-vous ? Non ! Eh bien ! moi je le sais ; seulement je ne vous le dirai pas, car, si je vous le disais, vous seriez vraiment trop malheureux.

Cependant, après réflexion, je ne vois pas pourquoi je vous empêcherais d'être malheureux ! M'avez-vous jamais empêché de l'être, vous ? M'avez-vous épargné une peine, essuyé une larme, étouffé

un sanglot ? Jamais, n'est-ce pas, jamais ! Eh ! bien
alors, pourquoi m'attendrirais-je sur un sort que
vous avez peut-être trois fois mérité ? Allons, Jonathan, ne sois pas faible !

Voici donc, chers Bostoniens, l'origine aussi
véridique qu'historique des Expositions universelles : ce fut vers l'an 00001; la peste avait régné
fort violemment sur tous les pays de la terre, à un
tel point qu'il ne restait plus que trois femmes et
un homme sur la croûte terrestre, qui n'était pas
signée Meissonnier à cette époque-là, vu qu'on
n'avait pas encore assez découvert d'or pour payer
cette illustre griffe.

Trois femmes pour un seul homme, c'était peut-
être beaucoup ! Mais un homme pour trois femmes

c'était bien peu ! Donc il y avait compensation,
n'est-ce pas ? C'est mathématiquement clair comme
l'eau d'une source troublée par un accident de cheval arrivé à un propriétaire contribuable d'une
commune ayant à sa tête un maire dont la fille se
serait cassé la jambe en voulant embrasser ses
deux jumeaux le lendemain d'une éclipse solaire.

De ces trois femmes, la première était bossue, la
seconde l'était également et la troisième aussi.

De ces trois femmes, la seconde avait une jambe
de moins, la première également et la troisième aussi.

Vous comprenez que, dans ces conditions, elles
n'avaient qu'une seule ressource : c'était de monter une Exposition Universelle. Vous dire qu'elles
firent un magnifique four sera ne pas vous étonner

beaucoup. Mais vous apprendre que le seul homme
existant sur la terre était boulanger de profession
vous expliquera pourquoi « *the world's fair* » prit
d'ores et déjà fortement racine, à un tel point
qu'aujourd'hui on ne peut plus s'en passer. Aussitôt
que, dans un pays, les finances commencent à battre
de l'aile, on entend les trompettes officielles se
moucher avec violence pour porter aux quatre coins
et demi de la terre cette réjouissante nouvelle.

On envoie de belles invitations à tous les
Etats voisins et non voisins pour leur dire :

« Venez, chers cousins ! venez avec vos sacs pleins
d'écus, avec vos bottes de sept lieues bourrées de

5.

foin, venez nous payer des bocks en masse, venez manger nos vieilles chaussettes en guise de tripes à la mode de Caen, venez goûter les semelles de nos souliers déguisées en soles au vin blanc.

« Cela ne sera pas aussi bon que de vrais boyaux de porc ni aussi tendre que des soles authentiques, mais cela sera plus cher, et, offert pendant l'Exposition, paraîtra donc absolument délicieux.

« La salive vous monte aux lèvres rien qu'à cette pensée ; tenez-vous les côtes de crainte d'éclater de joie, ce qui vous empêcherait de venir jouir de notre délicieuse fête. Il y aura des illuminations, des feux d'artifice et de Bengale ; on fera de la musique.

« Nous aurons de beaux Princes, dans de belles voitures, et de vilains voyous sur les trottoirs pour

leur tirer la langue en criant : Vive la République ! Nous aurons de grands banquets où il n'y aura

rien à manger, mais où en revanche on fera beaucoup de fades discours.

« Enfin, pour clore dignement ce tournoi pacifique, nous crèverons les yeux à la déesse Justice, en
nous décernant, à nous et à nos amis, des mé-
dailles de bronze, d'argent et d'or, et nous aurons
tous un brevet de platine. »

Sans vouloir être plus grincheux qu'un chenil de
chiens enragés, ni plus désagréable qu'un nid de
serpents à sonnettes, il m'est impossible, lecteurs
Bostoniens, de dire du bien de ces immenses foires
internationales, qui ne servent qu'à enrichir les

gargotiers et à engraisser les poches ou les bou-
tonnières des membres du Jury. Or, comme une
portion assez respectable du genre humain n'a rien
de commun avec la corporation des restaurateurs,

ni avec celle des jurys d'honneur, il s'en suit que la majeure partie des mangeurs de beefsteaks se trouve réduite à un état extrême d'infortune.

Donc, concitoyens Bostoniens, pour nous résumer, rassemblez-vous après lecture de la présente lettre; réunissez-vous en Comice national et exprimez le vœu que désormais de la terre soient bannies les Expositions universelles. Puis, pour clore avec un certain éclat cette importante séance, votezmoi une subvention annuelle de quelques milliards; ce sera pour moi un doux souvenir de cette mémorable réunion, en même temps que cela me fournira les moyens de réaliser un rêve que je caresse depuis longtemps : celui d'être archi-millionnaire.

Après cette profession de foi, vous vous attendez certainement à me voir éreinter d'une manière furibonde l'Exposition Universelle de 1878. C'est ce qui vous trompe, Bostoniens; j'en pense beaucoup de bien. C'est charmant, délicieux, enchanteur! Imaginez-vous un petit *bar*, comme vous en rencontrez à chaque coin de rue à Boston ; seulement, derrière les comptoirs, au lieu de jeunes gens en bras de chemise, une rangée de petites Anglaises

ravissantes de formes et de contours. Il y en a de blondes, il y en a de brunes, il y en a de rouges, il y en a de vertes; mais toutes sont charmantes.

Au-dessus de ces jeunes filles est installé un orchestre très-distingué, qui joue tantôt *God save the Queen* pour faire jubiler les sujets de John Bull, tantôt *Yankee doodle*, pour faire battre le cœur de Brother Jonathan. Pendant ce temps, on absorbe voluptueusement des boissons chères à notre palais de Yankee, les yeux plongés dans les profondeurs incommensurables des orbites limpides des jeunes *misses*.

Voilà l'Exposition Universelle de 1878. Il y a bien autour du *bar* quelques petites baraques insignifiantes, entre autres une espèce de décrottoir qu'on appelle le Trocadéro, où on exhibe de la vieille ferraille; mais vous comprenez bien que cela n'est pas sérieux; il n'y a d'amusant que le *bar*.

Il existe aussi des gens qui prétendent remarquer l'énorme tête de la Liberté, qui doit se trouver à l'entrée du port de New-York. Il paraît que dix imbéciles peuvent se tenir debout à l'intérieur de ce crâne gigantesque; et dire qu'on peut en mettre des centaines de mille dans une petite tête en plâtre de la République française! Ce qui prouve que l'unité de mesure est susceptible de varier selon les climats; c'est aussi ce qui me porte à croire, avec M. Cernuschi, que le platine est encore le meilleur étalon.... pour classer les hommes.

Là-dessus, chers Bostoniens, je vous tire ma révérence la plus séduisante et je pars de mon pied léger m'embusquer dans le voisinage des prunelles tricolores du *bar* américain dans le but trop évident de me rafraîchir le gosier et les idées.

Lettre IV

IV

Où Il est Question de la Noce à Paris.

 A plus grande occupation du plus grand nombre des plus grands Parisiens, comme aussi des plus petits et des moyens, est de faire ce que l'on appelle ici : « *la noce* ».

Dans votre pays, chers Bostoniens, ce dernier mot est synonyme de *conjungo*, de mariage et d'hyménée. Il évoque toujours la vision de robes blanches garnies de dentelles, qui se drapent sur les flancs purs d'une jeune vierge couronnée de fleurs d'oranger. Mais, dans l'antique pays des Gaules, ce substantif n'a pas du tout la même signification, bien au contraire. La robe de satin blanc est remplacée par des toilettes fastueuses (lisez ébouriffantes), et la fleur d'oranger serait fort mal placée sur les chignons jaunes des hétaïres de la moderne Babylone, autrement dit, des grues du pavé parisien.

Ici, la femme qui vit du vice se montre partout avec effronterie ; aucun endroit public ne lui est fermé. L'austérité proverbiale des mœurs républicaines se réjouit de pouvoir se décolleter un peu. On voit même mieux : il arrive que de charmantes fêtes de charité s'organisent sous le patronage des plus grandes dames de la capitale en commun avec les actrices des petits théâtres de genre.

Les fades imitations de Ninon et de Manon Lescaut coudoient les marquises du faubourg Saint-Germain et les baronnes del Banco y Usuro y Crapulo.

C'est à qui décochera le plus provoquant sourire, c'est à qui réunira autour de soi le plus grand nombre de mirliflores, c'est à qui portera la toilette la plus riche et la plus remarquée.

Ecoutez, nobles dames, et vous aussi, respecpectables épouses del Banco y Usuro : quand vous voudrez véritablement faire la charité, adoptez, de

6.

grâce, une autre méthode. Vous ne parviendrez
pas au but que vous espérez atteindre en vous
affichant, coude à coude, avec madame Théo et
madame Judic (qui sont probablement, dans leur
sphère, de fort honnêtes personnes, peut-être
même beaucoup plus honnêtes que d'autres femmes
infiniment plus prétentieuses). Ce n'est guère en
dépensant, comme dames vendeuses, cinq ou six
mille francs pour vos toilettes, que vous mettrez
de l'argent dans la main du pauvre Vous réussissez
simplement à bâtir pour M. Worth des châteaux

de Suresnes, ce qui est un moyen assez burlesque
de secourir les veuves et les orphelins.

   Aucun des crampons perfectionnés qu'un peuple
adulateur appelle aujourd'hui des *belles-petites*

ne manque une occasion de se faufiler dans les
endroits où l'on peut s'asseoir ou marcher à côté
d'une femme du monde. Et que de circonstances
leur sont favorables ! Le théâtre, les courses, les
ventes publiques de charité précitées, les concerts,
voire même l'église. Ce dernier lieu vous semble
peut-être mal choisi pour un pareil rapprochement.
Aussi le bon Dieu doit-il faire souvent une fière
grimace en contemplant la réunion de ses fidèles.

Mais, pardon, mon *editor* ne m'a pas chargé
d'écrire un cours de morale ; revenons donc à nos
moutons, c'est-à-dire à nos *belles-petites*.

Elles se divisent en deux classes : celles qui sont
arrivées et celles qui ne le sont pas. Dans la seconde catégorie je comprends nécessairement les

femmes qui ont eu un beau jour, mais qui sont, ensuite retombées dans la misère (on dit la *panne*). Nous ne possédons, par conséquent, que deux genres de pécheresses : les unes qui roulent carrosse, les autres qui roulent sur des bottines percées.

Mettez, maintenant, aux humbles qui foulent le noir bitume les bas de soie et le corset de satin qui parent la maîtresse du grand seigneur ou du banquier; transportez, au contraire, celle-ci de son boudoir élégant dans une chambre garnie du quartier Bréda, vous ne trouverez aucune différence.

Ce n'est pas que les jeunes personnes qui ont  du bonheur soient plus ou moins douées que leurs émules d'en bas; défauts et qualités sont partout les mêmes; le phénomène provient de ceci : quelle que soit sa position, la Parisienne ne s'y trouve jamais déplacée.

Elle jouit d'une si puissante force d'assimilation

qu'on serait vraiment tenté de croire avec Darwin qu'elle descend du singe.

Chers lecteurs Bostoniens, vous qui, en fait d'équitation, n'êtes peut-être jamais montés que sur un *rocking-horse,* et encore durant la fougue effrénée de votre audacieuse enfance, — vous ignorez très probablement que, dans les manéges, en dressant un cheval, on lui fait descendre une pente de terrain appelée *calade,* pour lui assouplir les hanches et l'arrière-main. Eh! bien, pour les petites dames, c'est la même chose. Après avoir descendu la calade pendant un certain temps, elles la remontent et deviennent *calées;* c'est là leur suprême ambition.

Nous disions qu'à Paris, une des plus grandes distractions et même une des plus sérieuses occupations est de faire la noce, et nous avons ajouté que la mariée se remplace par un chignon jaune assorti à la position sociale du noceur.

Bien que ce sujet soit un de ceux qu'il me plaise le moins d'aborder, la conscience de mon devoir m'oblige à l'entreprendre; je préfère endurer un peu de déplaisir plutôt que de m'exposer au blâme de mon Rédacteur en chef. Il ne manquerait pas, en effet, de m'accuser d'indifférence et de paresse si je négligeais de signaler aux lecteurs du *Boston-Daily-News* une des physionomies de Paris qui intéresse le plus l'étranger.

Lisez donc.

Si le homard est, de tous les oiseaux, celui qui vole le plus lourdement, il n'en est pas moins vrai qu'aucun ne vole plus vite que la Parisienne.

Vous est-il jamais arrivé de vous promener dans Paris vers midi ou vers sept heures du soir? Si oui, vous avez dû remarquer une foule de petites folles de quinze à vingt ans qui courent les rues par bandes de quatre ou cinq. Leur habillement se compose d'une humble robe courte, de couleur foncée, et d'un tablier. Pas de chapeau, encore moins de gants.

Eh bien, ces jeunes filles sont ce qui reste des grisettes. Quoi qu'on en dise, la race n'en est pas éteinte.

POMMES FRITES.

La grisette d'aujourd'hui est aussi friponne, aussi agaçante, aussi prompte à étrangler un lapin sauté sous une tonnelle de barrière, en compagnie d'un flamboyant chevalier de l'aune, que du temps de Paul de Kock. Peut-être est-elle plus exigeante, mais il ne faut pas lui en vouloir; la blanchisseuse est plus chère qu'autrefois, et que serait la grisette sans son gentil petit col et les manchettes qui sertissent son mignon poignet ?

C'est un jeune calicot, aux grands cheveux frisés, type idéal du garçon coiffeur, qui effeuille le premier cette rose à peine fleurie. Cela se fait si innocemment qu'on ne peut vraiment pas trop se récrier.

Il a une seconde ou troisième loge pour le théâtre, et invite la petite grisette à l'accompagner. Dame ! c'est bien amusant, le spectacle, et puis quel mal est-il possible de trouver à cela ? Elle en sort toute rouge de plaisir.

Quelques jours plus tard, elle se laisse en traîner

au bal; elle y danse et boit un verre de punch.
Bref, un soir, émue outre mesure, au lieu de
rentrer chez elle, elle rentre chez le voisin et en
sort..... un peu dégrisée.

Pendant un temps on ne regrette pas trop ce premier pas. *Il* est si bon garçon et puis *il* a promis
de l'épouser; seulement il ne le peut pas, en ce
moment; c'est quelques mois à attendre. Mais un
matin vient où le réveil est bien cruel; le bon garçon se fait maussade et grincheux, cette liaison lui
pèse, d'autres conquêtes l'appellent. Ah! c'est un
jour douloureux pour la pauvre petite grisette!

Cédant au désespoir, elle calfeutre sa porte,
bourre un réchaud de charbon, l'allume et se pré-

pare à dormir pour toujours après avoir écrit à l'infidèle un suprême adieu.

Heureusement un voisin flaire l'odeur du char-bon et conçoit des soupçons ; on enfonce la porte et l'on ranime la pauvrette à demi suffoquée par l'acide carbonique.

Elle lutte bien un peu, pleure encore davantage ; un bon sermon du commissaire de police suffit pour calmer ses nerfs surexcités. Elle se promet de faire payer cher aux hommes le mal qu'un homme lui a fait.

A dater de ce moment, tous les soirs elle court les bals, elle y fait de nombreuses connaissances, roulant continuellement d'un bras à un autre ; tout au contraire des pierres, c'est en roulant qu'elle fait sa petite éducation et ramasse de l'expérience.

Bientôt elle quitte l'atelier et aussi les petits bals pour fréquenter les endroits chéris de la jeunesse dorée et des étrangers. Alors son existence devient plus douce ; souvent elle ne déjeune pas, mais en revanche elle soupe presque toujours. Enfin, le grand jour a lui..... un homme sérieux la remar-que ; il lui paie meubles, chevaux et voitures. Elle est lancée !

Chaque après-midi, *madame* ira maintenant
faire son tour du lac, dans une belle calèche, les

jours de course, dans un
mignon coupé en temps
ordinaire. On remarque
la nouvelle venue, on lui
fait la cour; le prince
Pullupski lui envoie une
déclaration, le petit vi-
comte de Feufollet un
bouquet avec une invita-

tion à dîner au Café anglais.

Maintenant que la petite grisette s'est métamor-

phosée en une belle dame, maintenant qu'elle a
de grands laquais avec une riche livrée, maintenant que l'on voit sur les panneaux de sa voiture
et sur ses harnais un superbe chiffre surmonté
d'une couronne, s'il vous plaît! il faut qu'elle se
mette à la hauteur de sa position. C'est pourquoi,

7.

en même temps que la particule, elle prend des leçons de français, de piano et de chant.

Plus tard, un journaliste, un homme de lettres ayant de l'influence, s'éprend de ses charmes et la fait entrer dans un petit théâtre de genre. Le faîte de son ambition est atteint : elle est actrice ; dans un an elle sera *diva* et ira en Russie se faire, chaque soir, rappeler quarante fois par des grands-ducs.

Pendant cinq ou six ans, les choses marcheront brillamment ; on versera des millions dans son sein ; vaillamment elle leur montrera la porte en les jetant par la fenêtre.

Un jour, elle tombera malade : on ne la verra plus, c'est-à-dire qu'elle sera oubliée de ses adorateurs ; mais les créanciers, eux, n'oublient pas. Ils

se précipiteront sur leur victime comme des oiseaux rapaces ; sa voiture, ses derniers meubles, tout, jusqu'à son matelas lui sera arraché.

La voilà, de nouveau, en bas de l'échelle. Si cette femme est courageuse, elle se fera ouvreuse dans le théâtre où elle a brillé autrefois; faible, elle se jettera dans la Seine et tout sera dit.

C'est avec cela, chers Bostoniens, que l'on fait la noce à Paris. Qu'en pensez-vous?

Lettre V

V

Où il est question des Noceurs Parisiens

OUS avons maintenant à considérer ceux qui font la noce à Paris : les hommes.

A chaque catégorie de femmes correspond une catégorie d'hommes ; comme vous pourriez le constater, ceci est d'une logique absolue.

Pour les hommes, nous procéderons comme pour les femmes, sans éclectisme ; chacun aura sa place et la note qu'il mérite.

Les gens qui s'amusent à Paris peuvent se diviser en un certain nombre de classes.

Nous commencerons par en bas, c'est-à-dire aussi bas que nous osons aller. Au dernier degré de l'échelle rampe le calicot ; sous lui, c'est la boue ; n'y mettons pas les pieds.

Le jeune homme employé dans les magasins a

des goûts de plaisir plus prononcés que le scribe calfeutré dans un bureau ou dans une administration.

Cela s'explique aisément. Les commis de nouveautés se trouvent, par leur position même, en contact direct avec un grand nombre de femmes de tous les mondes; ils voient le luxe autour d'eux. C'est d'ailleurs le luxe qui les fait vivre; obligés, tout d'abord, d'avoir une tenue convenable, ils ne tardent pas à se lancer dans une élégance qui, pour être d'un goût douteux, n'en est pas moins appréciée par les petites demoiselles de magasin, vivant sous le même toit qu'eux.

Grâce à l'intimité qui règne parmi les pensionnaires de ces grands établissements, une certaine rivalité n'est pas longue à naître; le commis, soucieux d'être bien vu par ces demoiselles, doit faire des frais et il en fait.

Au-dessus du commis vient le chef de rayon; celui-ci est tout à fait un homme distingué; il emporte les suffrages et les cœurs de ces dames.

Le dimanche est le grand jour de noce des calicots; ce jour-là, malheur au gentleman égaré, le matin, au bois de Boulogne, dans l'allée des cavaliers. Il est presque sûr d'être chargé par une bande de chefs ou sous-chefs de rayon, juchés sur des biques osseuses dont ils labourent les flancs de leurs grandes bottes à l'écuyère. Ils oscillent dou-

cement de droite et de gauche, en avant et en arrière, comme un navire secoué par les vagues ou

bien encore comme un palmipède goutteux qui
voudrait imiter les exploits de madame Océana
sur la corde raide.

Après cette promenade triomphale, ils rentrent
chez eux ôter leur grosses bottes, fruit de longues
économies, puis s'en vont chacun quérir sa chacune.
Alors on continue la noce ; on part pour Asnières,
Enghien, Robinson ou Montmorency par bandes
de quatre ou de six. On fait son monsieur pendant
toute cette bonne journée ; le lendemain, on rede-
vient le calicot que vous savez et que vous n'ad-
mirez guère probablement.

Il est évident que nous mettons dans le même sac que les chefs de rayon ces messieurs les surnuméraires, clercs de notaire et gratte-papier en général. Au point de vue de la noce, ils ont les mêmes goûts et les mêmes facultés.

Montons un peu! En seconde ligne nous découvrons le fils du commerçant, jeune étourdi, envieux de briller, de connaître les femmes, de s'amuser enfin. Malheureusement, tant de choses lui manquent! Papa n'est pas généreux et il a bien raison,

papa! Il n'a certainement pas, durant trente ans, veillé sur son épicerie avec une sollicitude maternelle pour voir son cher fils manger, de concert avec une petite habituée des Folies-Bergère, tout le sucre qu'il a cassé dans son existence. Cela serait peut-être très sucré pour la petite pieuvre, mais lui, papa, la trouverait amère.

Voilà pourquoi le jeune épicier pourvu des cents francs qu'il peut extirper chaque mois de la bourse paternelle ne fait pas très grande figure ou plutôt se borne au rôle de figurant.

Montons toujours! Après le fils de l'épicier, le fils du banquier; ceci devient plus sérieux. Le jeune homme de la finance a de l'argent; quand il n'en a pas, il en trouve, ou du moins il trouve des femmes à crédit. On sait qu'il est ou sera riche, et on a pour lui des égards touchants. Lorsqu'il passe au Bois ou qu'il suit les Champs-Élysées dans son dog-cart, il rencontre beaucoup de figures souriantes; pas toutes cependant, car les femmes vraiment de la haute se réservent pour la noblesse, ou bien encore pour les papas.

C'est chose à remarquer que plus une femme s'élève, plus elle devient difficile dans le choix de ses adorateurs. Elle ne recherche pas seulement le côté sérieux et matériel, il lui faut encore pour amant un homme dont le nom et la position flattent son amour-propre.

Après les jeunes financiers viennent les fils de

famille. Ceux-là sont très prisés, surtout des nouvelles arrivées qui meurent d'envie de connaître les
gens titrés ou à particules — elles n'ont qu'à choisir. — Quel bonheur, quand elles pourront dire
pour la première fois à leurs femmes de chambre :
— Émilie, lorsque M. le vicomte viendra, vous
lui direz d'attendre un moment que je m'habille.

Après la jeunesse dorée, vient l'âge mûr, chéri

des femmes, car, s'il lui manque le feu des vingt
ans, il offre une ample compensation en louis d'or

8.

et billets de banque, et puis, tu sais, l'un n'empêche pas l'autre, savez-vous, au contraire.

Mais, me direz-vous, chers lecteurs bostoniens, tout cela est fort bien ; ce que vous nous expliquez, nous aurions pu le deviner, car les choses se passent exactement de la même façon à Boston ou à New-York. Il nous importe surtout de savoir comment on s'amuse, où l'on fait la noce à Paris.

Patience, chers impatients, patience ; on va céder à vos désirs. Comment on s'amuse à Paris ? De toutes les façons, aimables Bostoniens. Où l'on fait la noce ? Partout, non moins aimables Bostoniens.

Cette réponse vous paraît vague, je vais donc avoir le plaisir d'entrer dans des détails plus minutieux.

Voici deux exemples qui pourront vous servir d'étalon. Nous vous esquisserons la journée de la Parisienne élégante, puis celle de Monsieur.

A neuf heures, Madame se lève ; pendant une demi-heure elle s'enferme dans son cabinet de toilette, d'où elle sort fraîche et... j'allais dire rose ; mais cette maudite poudre de riz m'en empêche. Elle est vêtue d'un petit costume gris d'une sim-

plicité touchante, un chapeau foncé et des gants de
Suède. Après avoir ajusté sa toilette et jeté un dernier coup d'œil sur sa jolie figure, elle descend
prestement l'escalier et se trouve en trois minutes
dans un petit-duc attelé d'une paire de poneys ron-
delets et dodus. Elle les cingle d'un coup de fouet à
manche d'ivoire « *Pull up, and off she goes* » au
Bois de Boulogne. On se rencontre, on se croise.
Ces messieurs, qui sont à cheval, viennent cara-
coler à côté des poneys; de temps en temps, on se
permet un madère à la cascade, et puis on rentre
déjeuner. Des œufs, une côtelette, beaucoup de
fruits, beaucoup de noix, énormément d'eau de

seltz. Tel est le déjeuner d'une petite femme chez
elle.

Après le repas, on flâne, on grille une cigarette,
on tapote un peu sur le piano et on reçoit quelques
visites.

A trois heures on s'habille pour sortir à quatre heures.

On va d'abord chez la couturière ou la modiste, puis on prend une amie pour faire un tour au Bois. Ne croyez pas qu'on cherche les frais ombrages pour récolter un peu d'air pur et respirer des senteurs parfumées ; c'est autour du lac, chers Bostoniens, que l'on court semer du persil. Nonchalamment étendue dans sa calèche ou blottie coquettement au fond de son coupé, on reçoit avec

un sourire éternel et immuable les hommages des uns, les dédains des autres.

C'est là que l'on passe en revue ses rivales, que l'on critique leurs nouvelles robes, leurs nouveaux chapeaux. On envoie à ces dames que l'on connaît un petit baiser gracieux en souriant gentîment, mais, quand elles sont passées, on fait à sa compagne, sur leur compte, des réflexions peu flatteuses. Ces messieurs sont aussi là, soit à pied, soit à cheval, sur les bords du lac.

Tout d'un coup, comme à un signal donné, toutes les voitures filent; dans l'espace d'un quart d'heure il n'en reste plus une. Ces petites dames rentrent chez elles.

On dîne, mais jamais seule; si l'on n'a pas de monde chez soi, on dîne chez une amie, ou bien au Café Anglais, ou à la Maison Dorée avec un protecteur ou un petit jeune.

Après le dîner, le théâtre est de rigueur, ou le Cirque le samedi. A partir de ce moment, il ne

nous appartient plus de suivre ces dames dans leurs pérégrinations nocturnes.

Tirons un voile discret.

Ces messieurs règlent un peu leur vie sur celle de ces dames.

On se lève à la même heure ; on va au Bois à cheval, le matin et même l'après-midi, à moins que l'on ne préfère conduire un phaëton ou un dog-cart. Après le Bois, on va au club, souvent on y dîne. Dans la soirée on se rend au spectacle, et, si l'amour ne vous appelle pas, on revient au cercle tailler un *bac*. On rentre chez soi ou autre part de deux heures à quatre. Les jours se suivent et se ressemblent joliment.

Lettre VI

VI

 IER soir, chers lecteurs bostoniens, j'ai fait une connaissance agréable et utile. C'était à la table d'hôte du Grand-Hôtel. Beaucoup d'entre vous doivent connaître cette magnifique *dining-room*, sans rivale au monde. Il est impossible d'imaginer un coup d'œil plus féerique que celui de

cette vaste salle d'auberge, qui éclipse, par sa splendeur, les festins des rois.

Mille flammes se reflètent dans les hautes glaces de Saint-Gobain, encadrées dans des colonnes de griotte ; le pur cristal de roche, taillé en prismes à mille facettes, reçoit la lumière, et la renvoie étincelante de feux divers et de couleurs variées, ainsi qu'une pluie d'or et de pierreries suspendue au-dessus de votre tête.

Les longues tables, dont la blancheur immaculée fait ressortir les massives pièces d'argenterie et les corbeilles de fleurs et de fruits, ressemblent à d'immenses proies alléchantes, sur lesquelles des myriades de fourmis rapaces vont se jeter.

J'étais donc le commensal de cette table hospitalière, à laquelle le riche et le pauvre sont reçus avec la même bienveillance, pourvu qu'ils paient huit francs chacun.

Tout cela se fait poliment, tranquillement, sans bruit, ni fracas.

Vous entrez dans le grand salon de lecture de l'hôtel; vous vous avancez, le sourire aux lèvres, vers une jeune femme vêtue de soie noire, garnie de jais et de dentelles, qui se trouve emprisonnée dans une boîte dorée, à gauche de la salle à manger.

Vous lui remettez huit francs, en lui serrant la main avec douceur. En retour, elle vous donne un carré de carton et vous montre ses dents éclatantes, le blanc de ses yeux et ses narines fortement dilatées.

Après cela, faites trois pas à droite et glissez votre carton dans la main d'un gentilhomme, qui porte un ruban rouge à la boutonnière. Ce gentilhomme décoré est un ancien général ou ma-

9.

réchal de France retraité (on le dit du moins), qui
fait cela pour s'amuser.

Ces petites formalités remplies, entrez hardi-
ment dans la salle, non sans passer sous le regard
majestueux du surveillant en chef. Si vous êtes du
sexe faible et beau, ce regard olympien s'adou-
cira, cet œil devant lequel naguère le soleil se fût
voilé, aura la tendresse de l'agneau et la douce limpidité de cet oiseau au plumage ambré qu'on appelle le melon.

Oh ! Olympio ! Que tu es beau ! et que tes
épaules vastes et carrées me semblent carrées et
vastes ! et que ton torse modelé comme celui que
nous admirons au Belvédère, ressemble peu à un

trognon de chou ! et que les jambes pliées sous ton
robuste corps me semblent longues, rondes, larges
et musculeuses autant que musculeuses, larges,
rondes et longues.

Non, Olympio, il faut que je te le dise : tu me
plais, tu me fascines, tu me domines ! Devant toi,
je suis l'oiseau perdu dans l'espace désert, la
goutte d'eau noyée dans l'immensité de l'Océan, le

grain de sable infinitésimal du Sahara, la chandelle d'un sou, engloutie dans les ténèbres de la nuit.

Cependant Olympio, malgré tout cela, je ne voudrais pas jouer aux échecs avec toi ; car, si je te faisais mat, moi étant auprès de toi atome, on n'aurait qu'à nous additionner ensemble pour arriver, piètre résultat, *à tomate*. Oh pardon !

Mais passons sous le regard d'Olympio en chantant sur l'air de Sébastien le refrain joyeux :

> Ah qu'il est beau
> Qu'il est beau
> Olympio ! (*bis*).

Donc vous êtes dans la salle ; devant vous des tables, encore des tables, toujours des tables. Asseyez-vous à l'une d'elles et déployez votre serviette sur vos genoux à moins que vous n'ayez la fâcheuse habitude de baver sur votre chemise, ce qui est fort disgracieux.

Dans ce dernier et désolant cas, vous feriez mieux de rester chez vous et de vous mettre à la bavette. Mais, comme ce sacrifice pourrait vous sembler trop pénible, ayez dans votre poche un

petit cordon de soie de couleur neutre (il ne faut
pas de politique à table), cordon qui portera une
agrafe à chaque extrémité.

Avec ce système simple, ingénieux et de bon
goût, vous pouvez vous attacher votre serviette au
cou sans être obligé de l'entrer dans votre col et de
l'enfoncer en dedans de votre chemise jusqu'au
nombril comme font certaines gens qui ne savent
pas vivre.

Une fois la serviette fixée, saisissez votre petit
pain et placez-le à gauche de votre assiette. Ce
dernier détail est important, chers Bostoniens,
car, en le plaçant à droite, contrairement aux rè-

gles admises, il pourrait exister une confusion en-
entre votre pain et celui de votre voisin et vous

risqueriez, par conséquent, de faire avec lui un échange de salive.

Ce ne serait qu'un mince détail d'une importance plus qu'illusoire si votre voisin était une voisine et jeune et agréable et jolie.

Oh! alors, au contraire, favorisez plutôt cette désirable méprise, mettez votre pain à droite et engendrez la confusion.

Ces préliminaires expédiés, fixez votre carreau dans votre œil ou votre œil dans votre carreau, et inspectez les gens qui entrent. Comme vous êtes un homme éminemment observateur, ainsi qu'il convient à tout Yankee, mettez à l'œuvre votre esprit bostonien et inquisiteur, car il y a là une riche moisson pour le glaneur habile.

Voyez d'abord cet Anglais, rouge comme une pivoine, gauche comme trente-six manchots, aux dents de mastodontoïde, également propres au jeu des dominos et à celui du piano; cela fait un clavier de quatre octaves, c'est tout ce qu'il faut pour exécuter *God save the Queen* avec variations *if you please*.

Ce cher *Cheesemonger* retraité traîne à sa touée sa fidèle compagne à la face de tournesol, même

denture que monsieur son mari. Si le disque facial
de Madame d'outre-Manche reflète comme une

vision des tendres pétales de cette fleur chérie dans
les stations de chemin de fer (en France, dans
chaque gare, on cultive des tournesols; c'est une
douce allusion au soleil de l'administration), sa robe
gorge de pigeon éblouit les yeux autant par ses
reflets chatoyants que par sa coupe harmonieuse et
distinguée.

Tout cela sent le fromage de Chester à cent
lieues à la ronde.

Après madame Cheesemonger vient sa fille, fluet
tuyau de pipe, penchée comme un roseau. Ses
cheveux, ficelés en une mince natte sont enroulés

autour de l'occiput. Rien qu'à la regarder, on a
envie de se mettre une muselière de peur de
mordre ses voisins. Franchement, lecteurs bostoniens, au cas où je rencontrerais cette jeune fille
étendue à terre, je me verrais forcé d'appuyer
mon pied sur elle et de me boucher le nez en me
recommandant, à haute et intelligible voix, à
monsieur Vicat.

Le jeune homme qui suit sa sœur est bossu,
tortu, anguleux. Si les ingénieurs militaires parve-
naient à recruter un certain nombre de conscrits
comme celui-là, on pourrait supprimer les chevaux
de frise, fraises et autres engins de guerre.

Heureusement cette famille chérie des fromages
se place loin de moi ; autrement je me serais vu dans
la nécessité de faire périr violemment quelques-uns
de ses membres.

Après cette exhibition des produits caséeux
d'outre-Manche, voici venir un peloton de charmantes Péruviennes, aux grands yeux noirs qui
brillent d'un éclat fauve et lustré, éclairant presque
outre mesure une peau blanche et satinée. Toutes
ces jeunes filles ont de jolies tailles, des poitrines
prétentieuses, d'une opulence prématurée mais

10

agréable à l'œil nu, voire même aux deux yeux également nus.

Et puis cela à des petites jambes en ressort d'acier et des pieds mignons et cambrés. Décidément le Pérou est un pays exceptionnel ; il produit deux choses qui ont fait le bonheur de beaucoup de gens : d'abord ses jolies femmes que tous nous avons admirées, ensuite son fécond guano que nous estimons faiblement mais qui n'en trouve pas moins des amateurs. J'en connais même quelques-uns qui l'aiment fameusement et qui n'ont pas eu à s'en plaindre.

Après les Péruviennes, nous apercevons des Suédois blonds, sérieux et excessivement raides. Ce peuple curieux a dans le regard un faux air de stock-fish qui ne manque pas de charme. Aussi les cachalots les connaissent-ils bien, et quand ils les voient venir de loin, ils se cachent à l'eau.

Derrière ces émigrés de Stockholm, un fier spectacle se présente. Il est petit, comme dit la chanson, mais il grandira. Pourquoi ? me demandez-vous, cher Bostonien. Parce qu'il est Espagnol.

Vous ne connaissez pas cet air-là, pauvre homme ! Mais votre éducation est manquée ! Une

chose si jolie, si spirituelle et vous l'ignoriez!
Enfin, maintenant que vous connaissez ce refrain,
retenez-le bien et repétez-le souvent; cela vous
posera.

Donc il est petit, mais il est Espagnol, donc il
n'est pas petit, mais il est grand. Vous n'y comprenez rien? Moi non plus.

Cependant, c'est comme je vous le dis et ne
vous plaignez pas, car, si les Espagnols sont aussi
grands que petits, ils sont aussi fiers que grands
et aussi braves que fiers. C'est ce qu'on appelle la

morgue espagnole, ainsi désignée parce que les descendants du Cid n'ont qu'à froncer les sourcils et ouvrir la bouche pour tuer un homme et même une mouche à quinze pas.

Je fus interrompu dans mes études d'observation par un monsieur qui s'assit à côté de moi. Je me tournai poliment vers lui et me mis à l'inspecter minutieusement.

Il me parut bien. C'était un grand bel homme, blond cendré, avec des yeux gris, très clairs, des yeux de Slave. En effet, ce monsieur est un Russe et, comme tout Russe bien élevé, il est prince et porte un nom en *off*. Je ne lus pas ces derniers détails sur sa figure, mais il ne tarda pas à me les confier, car nous fîmes très vite connaissance. Si j'avais facilement découvert sa nationalité, lui, de son côté, n'avait pas été long à deviner la mienne.

Du reste, c'est étonnant, chers lecteurs Bostoniens, comme ils sont intelligents à Paris. Jamais je n'aurais cru cela. Je n'ai pas besoin d'ouvrir la bouche; tout de suite en me voyant on me demande des nouvelles de New-York. En ce qui concerne ce dernier point, ils se trompent; mais la

10.

responsabilité de cette erreur doit incomber à
monsieur James Gordon Bennett qui, depuis le
grand succès de son journal, « le *Herald* », fait
accroire aux Français que New-York est aux
Etats–Unis ce que Paris est à la France. Or, vous
savez, très chers compatriotes, combien cette opinion
est peu justifiée. Boston, notre chère et vénérée
cité, peut marcher de pair avec la métropole.

C'est un des rédacteurs de la « *Continental Gazette*, » un malin celui-là, qui m'a fait remarquer,
dans ma personne, une petite particularité fort
connue ici et qui indique, *de primo visu*, les
citoyens libres de la libre Amérique à l'admiration
des autres peuples, c'est notre façon idéale de
porter la barbe.

Fidèle comme beaucoup d'entre vous aux tra-
ditions saines et abondantes d'*Uncle Sam*, je
n'arbore sur le menton qu'une barbiche mince et
effilée; mes joues et ma lèvre supérieure sont soigneusement rasées, ainsi qu'il convient à un
New-Englander de distinction et, j'ose le dire, de
mérite.

Eh bien! croiriez-vous que, dans ce pays des
moustaches, on trouve cela très extraordinaire et

qu'aussitôt qu'on vous voit on dit : « Tiens voilà
un *Yankee*. » Heureusement, nous n'avons pas à

rougir de notre nationalité ; ce n'est pas une honte
pour nous d'entendre sur nos pas, partout où ils
nous portent, chanter les louanges de l'*American
Eagle*.

A Paris, du reste, on connaît bien les étrangers.
Pour les Américains je vous ai donné le mot. Les
Anglais se distinguent par leurs petits chapeaux de
Christy, leurs costumes à carreaux et leurs jeux de
dominos portatifs, sans parler de la pipe de ces
gentlemen et du voile vert de ces dames. Les Turcs
portent un fez rouge et ont l'épigastre bombé ; ils
marchent mal et paraissent toujours s'ennuyer. Il
faut aussi dire qu'en les voyant, bon nombre de
Parisiens sentent leur nez s'allonger indéfiniment.
C'est un souvenir de l'Emprunt ottoman.

Les Brésiliens et les peuples avoisinants se reconnaissent à la devanture de leur chemise brodée, constellée de diamants et de verroteries, à leurs cravates voyantes et négligées, à leurs redingotes noires et jamais boutonnées, à leurs cheveux laineux qui trahissent la race africaine transplantée en Amérique.

L'Allemand se distingue par sa tête abrutie;

l'Espagnol par son air niais, l'Italien par ses cheveux frisés et son œil langoureux, l'Autrichien par ses jambes maigres enfermées dans un pantalon collant, le Russe. .... ne se reconnaît pas, il est Parisien par droit de naissance.

A propos de Russe, je m'aperçois que je divague fortement, j'oublie d'une façon indigne mon aimable voisin, le Prince Floualoff, un charmant homme si jamais il en fut.

Notre conversation s'engagea d'abord par des

banalités, puis finit par s'établir sur des bases solides
et profondes. Dire que d'une petite discussion
passagère, futile même, dut naître une amitié sin-
cère et sérieuse! Car, à l'heure où je vous envoie
ces lignes, le Prince et moi nous nous sommes déjà
juré une affection éternelle.

Voici comment fut amené l'épisode touchant que
j'aurai l'honneur de vous raconter.

On nous servit du homard, je dirai même plus,
lecteurs Bostoniens, on nous servit des côtelettes
de homard. Cependant, je ne jurerai pas sur la
tête de votre grand'mère que ce homard ne fût pas
une langouste. Mais là n'est pas la question.

J'avais bien entendu parler de homard à la mayon-

naise, de homard à l'américaine, de homard truffé et
farci d'artichauts, d'huîtres d'Ostende et de marrons
à l'eau de seltz; mais jamais, entendez-vous, jamais
on n'avait osé parler devant moi de côtelettes de
homard.

Aussi ma colère fut-elle grande, mon indignation immense; je lançai des regards furibonds
vers Olympio qui me contemplait avec la placidité
d'un souverain.

Encore un peu et je me serais élancé vers lui;
certainement, dans ce cas fatal, j'eusse craint pour
sa vie, car, bien que d'une nature paisible et inof-

fensive, je deviens terrible quand la colère se
saisit de ma personne; je suis alors un ouragan

furieux, un lion affamé, un tramway en circulation.

Mon voisin de table, le Prince, remarqua mon émoi et m'en demanda doucement la cause. Je répondis évasivement, mais mon Russe était ce qu'on appelle dans son pays un *malinskoff;* il ne fut pas dupe de mes phrases amphigouriques.

— Ce sont les côtelettes de homard qui vous travaillent? me dit-il, en ébauchant un sourire que je trouvai un peu moqueur.

— Pardon, monsieur, répliquai-je, je n'en ai pas encore mangé, par conséquent elles ne peuvent pas me travailler; ensuite, je n'ai pas l'intention d'en goûter vu que le homard n'a pas de côtelettes et que je ne tiens pas à me procurer une indigestion de cheval pour plaire à ce gros fat, laveur d'assiettes, expert en pelures de pommes de terre qui me sourit bêtement là-bas.

— Calmez votre ire, *brother Jonathan,* me dit affectueusement le boyard, et fasse le ciel que votre courroux s'apaise! Ce homard vous fait sortir de vos gonds et, cependant, c'est un légume bien inoffensif. Est-ce le mot côtelette qui vous blesse? En ce cas, vous auriez grand tort; avouez que vous mangeriez bien sans vous fâcher, un aspic de homard ? Une côtelette n'est-elle pas plus facile à avaler qu'un aspic ?

Ce dernier argument me parut bon et je souris

gracieusement. Mon interlocuteur profita de mes dispositions pour me remettre tout à fait en belle humeur.

— Du reste, reprit-il, ne vous plaignez pas; je connais quelqu'un qui a gardé des côtelettes de homard un souvenir beaucoup moins agréable que celui que vous leur devrez.

— Contez-moi donc cela, lui dis-je.

— Volontiers, me répondit le prince; voici le fait. « C'était en dix-huit cent… n'importe quelle année, » en Italie. Cela se passait à Venise où les homards poussent dans l'Adriatique comme les pommes de terre en Irlande et les punaises dans les bois de lit. Il y avait, à cette époque, en la ville

des Doges, une ravissante danseuse française qui
mettait le feu à tous les cœurs. Le grand canal

n'eût pas suffi à éteindre l'incendie formidable allumé par cette jeune femme aux pieds et, je dois
même l'ajouter, au cœur léger.

Moi–même, je ne fus pas insensible à la beauté
de cette délirante sauteuse et, surmontant la ti-
midité ridicule qui, en ce moment, était un de mes
traits marquants, je me fis inviter à dîner chez elle
avec la ferme résolution de l'emporter d'assaut.
Hélas! je comptais sans mon malheureux destin.
Mais, n'anticipons pas sur les événements et laissons à ce palpitant récit le charme de l'imprévu·

11

Elle demeurait au Lido, à l'instar de lord By-
ron; mais elle ne suivit pas l'exemple du barde
anglais jusqu'à s'enfermer dans le couvent des
Arméniens; tant pis pour ces derniers! Elle habi-
tait le Lido parce qu'elle y pouvait avoir sa voiture
et ses chevaux, chose défendue nécessairement à
Venise.

Ce fut donc d'un pied léger que je sautai dans

ma gondole en chantonnant un air de ballet que
j'avais vu danser par ma flamme. Je passai allégre-
ment sous le pont des Soupirs et m'acheminai, la
paix dans l'âme, vers la plage de mes rêves.

Arrivé dans le salon de l'enchanteresse, je fus
assez déconfit en y voyant un certain nombre de
jeunes Vénitiens dont la présence en ce lieu me

fut fort désagréable. J'avais compté dîner en tête-
à-tête avec la séduisante danseuse, mais bernique !
comme dirait Victor Hugo. Vaines illusions, espoir
trompeur !

Il ne me fut pas nécessaire de dévisager longue-
ment les convives qui m'entouraient pour me persuader que je me trouvais environné d'ennemis, de
rivaux, venus tout exprès pour me disputer l'ado-
rable butin que je désirais ravir avec effraction, et
la nuit autant que possible. Quel crime !

Mais ne croyez pas que ces soupirants fissent sur
moi une impression de peur ni qu'ils engendrassent
dans mon esprit un effroi facile à concevoir. Non ;
en les apercevant, je fus saisi d'une folle rage,
l'écume me monta aux lèvres, comme si j'avais
avalé deux livres de savon ; tour à tour mon visage
pâlissait de colère et rougissait d'indignation. Si je
m'étais écouté, je les aurais pris dans mes mains et
broyés dans mon étreinte ferrugino-nerveuse aussi
facilement, Monsieur, que vos compatriotes mas-
tiquent entre leurs molaires les feuilles dorées du
tabac de la Virginie,

Mais un doux et tendre regard de la maîtresse
de la maison fit sur moi un effet angélique. Je me

sentis alors comme un lion qui vient de passer par
les mains d'un dentiste américain ; j'étais plus bé-

nin que l'agneau, mon pouls battait plus calme que
celui du tigre empaillé, mon œil droit avait la pla-
cide limpidité dont brille le regard d'une chèvre
qui mange du cresson, mon œil gauche la limpide
placidité dont brille le regard d'une seconde chèvre
qui mange aussi du cresson. En somme, mon aspect était serin, — je veux dire serein, ne confon-
dons pas !

Et je me sentais heureux comme un flageolet au
beurre englouti par un joueur de clarinette.

On annonça le dîner. Quel ne fut pas mon
bonheur, quelle ne fut pas ma joie, quels ne furent
pas mes transports, lorsque la divine créature qui

avait incendié mon âme s'avança vers moi, légère comme un zéphir, et me dit d'une voix qui rappelait le doux gazouillement de la fauvette :

— Prince, votre bras, s'il vous plaît.

Oh! que j'eusse voulu être Briarée pour lui donner, non pas un bras, mais cent bras, mille bras. En attendant, je me précipitai vers elle, et, dans mon trouble extrême, je réussis à écraser impitoyablement les pieds du zéphir précité, à lui déchirer un magnifique volant de dentelle et à me couvrir de honte et de confusion.

A part ces légers accidents, cela ne marcha pas trop mal, ma flamme pâlit un peu, mais ne souffla mot; elle me fit signe de m'asseoir à sa droite.

Je m'empressai d'obéir, je m'empressai même

11.

trop, car, voulant, avec une ardeur excessive,
prendre possession du siége convoité, je ne
permis pas au laquais qui l'avait retiré de le remettre sous mon séant ; au lieu d'entrer en contact direct et agréable avec le cuir de Cordoue des chai-
ses de mon amour, je me laissai choir sur le par-
quet heurtant avec une violence superflue mon

chef étonné contre le bois du siége avancé à ma
rencontre par l'intelligent valet.

J'aurais voulu, en ce moment, que les sombres
entrailles de la terre s'ouvrissent pour me recevoir
et m'ensevelir dans un éternel oubli ; j'aurais voulu
que la table s'écroulât entraînant tous les convives
pour qu'ils partageassent ma confusion.

Mais, hélas ! Je dus me laisser ramasser honteusement au milieu des rires mal étouffés et des regards moqueurs de mes rivaux.

Rouge de dépit, furieux de ma maladresse, je saisis violemment ma chaise et je m'assis dessus avec une telle insistance que le dossier céda et que je me trouvai cette fois culbuté en arrière, la tête en bas, les jambes se balançant doucement dans

les airs avec une grâce naturelle. En voulant ramener ces membres ambulants dans une position moins poétique mais plus usuelle, je les frappai contre le buffet et mis un grand désordre parmi les plats contenant des mets montés et servis avec art. Pour la peine, je reçus sur ma maudite tête une avalanche de sauces, de viandes, de purées et de sucreries. Je renonce à vous peindre mon angoisse et ma colère.

On me releva, au milieu d'une hilarité à peine
contenue et on me présenta un autre siége. Cette
fois je parvins à m'y asseoir, mais il me semblait
que j'étais sur une sellette en fer rouge. Des fris-
sons électriques parcouraient mon corps, je subis-
sais mille martyres, j'endurais mille tortures.

Avec une bonne grâce presque séraphique, la
dame de mes pensées essaya de me consoler ; j'é-
tais trop navré pour écouter ses paroles, et puis je
me disais bien que, si elle le pouvait, elle m'arra-
cherait les yeux : j'avais gâté son dîner.

Enfin, les choses allèrent tant bien que mal ; on
me versait souvent à boire ; je voyais qu'on essayait
de me griser, mais je voulais montrer aux jeunes
galopins qui me narguaient que je n'étais pas un

enfant. Aussi buvais-je à longs traits ; d'ailleurs,
je me proposais de provoquer individuellement

tous ces idiots qui me traitaient en arlequin.

Le vin fit son effet, j'oubliai vite mes malheurs ;
je devins bruyant et accaparant, me faisant un devoir de souligner d'une rasade chacune de mes ri-
dicules phrases. On m'applaudissait ironiquement
et j'étais trop ému pour le remarquer.

Enfin vint un moment décisif ; on passa des côtelettes de homard ; une certaine quantité avait été
repêchée du naufrage que ma chute avait occa-
sionné.

La cible de mes soupirs, cédant à une impulsion que je n'ai pas à apprécier, s'attacha à me
faire absorber un fort grand nombre des susdites
côtelettes. Je ne saurais dire quel intérêt elle y trouvait ; mais je suis porté à croire que, connaissant la
nature infâme et perverse de ce légume fatal qu'on
appelle le homard, elle voulait se servir de ce
moyen pernicieux pour me faire expier l'ennui que
je lui avais causé. Dans tous les cas, pour me servir d'une expression chérie des gargotiers, elle me
poussa fortement à la consommation, et je me ren-
dis gracieusement, cela va sans dire, à ses pres-
santes instances.

Hélas ! Si j'avais pu prévoir les redoutables

suites de ma galanterie, je me fusse montré moins empressé. Enfin le dîner se termina sans autre incident fâcheux. Cependant, la dame de mes pensées, en se levant de table, prit le bras de son voisin de gauche, un jeune fat vénitien qui passa triomphalement devant moi ; je l'aurais écrasé tellement j'étais furieux.

Soit excès de boisson, soit excès de homard, soit tout autre excès, aussitôt arrivé au salon je tombai dans un morne abattement ; mélancoliquement

je m'enfonçai dans un fauteuil et je me livrai à de tristes réflexions.

Un malaise étrange vint bientôt s'ajouter à ces sombres pensées ; je sentais un poids énorme qui m'oppressait les viscères ; une sueur froide inondait mes tempes, mes cheveux étaient mouillés

comme si on m'eût versé un seau de mélasse sur
la tête ; je croyais mourir. Oh !

Quoique mes yeux fussent voilés au point qu'il
me semblait qu'on avait tendu devant eux plusieurs
pièces de gaze, je crus m'apercevoir qu'on ne faisait pas attention à moi, et j'en profitai pour m'esquiver dans un petit salon attenant à celui où nous
nous trouvions. J'espérais que ce déplacement me
soulagerait ; mais, au contraire, mon mal allait
toujours empirant, le poids gastrique augmentait

sans cesse, le poids gastrique augmentait de plus en plus; je ruisselais comme un noyé.

Tout à coup, je me sentis pris de convulsions volcaniques qui me terrifièrent. Comment sortir de cette horrible impasse! Ou plutôt, comment sortir cette horrible impasse de moi?

La commotion intérieure ne cessait de s'accroître; je n'avais plus même l'espoir d'éviter une catastrophe. Soudain, mon œil égaré rencontra un objet lumineux qui ramena un peu de paix dans mon âme attristé. C'était un bocal de poissons rouges discrètement posé sur un trépied doré dans un coin du petit salon.

Personne ne pouvait me voir ; je m'approchai, en chancelant, de ce précieux sanctuaire et j'y déposai le compte détaillé des côtelettes de homard que j'avais avalées. La confidence fut tumultueuse,

à part cela secrète. Les poissons rouges s'étonnèrent et firent de gros yeux, en agitant fortement

leurs queues dentelées, mais ils gardèrent le silence et je pus regagner le salon, immédiatement
« soulagé ».

Un fou rire s'empara de moi, lecteurs Bostoniens, à ce point du récit du prince russe. Je me
démenai tellement que ma voisine de gauche, une
vieille Anglaise, à perruque à tire-bouchons, en
fut incommodée et me fit des reproches.

Comme j'étais de bonne humeur, je pris la chose
en riant et, lui tapant doucement sur le ventre, j'essayai de mon mieux de la consoler.

Croiriez-vous que cette abominable vieille se
fâcha de plus en plus et se mit à hurler comme si
on l'eût violée !

Ses cris de paon ne tardèrent pas à éveiller l'attention de son héritier qui sommeillait doucement
à côté d'elle.

Ce jeune fils d'Albion et de sa mère se leva dignement et s'apprêtait à me verser une carafe d'eau sur la tête quand Olympio intervint.

Je dois avouer que, lorsque mon œil hagard rencontra le lumineux orbite de ce demi-dieu en chair et en os, j'eus un tressaillement nerveux depuis la racine de mes cheveux jusqu'à celle de mes œils-de-perdrix. Mes cors sympathisèrent avec mon corps, dans un élancement douloureux.

La situation était critique et tendue; très certainement, sans l'intervention du Prince, d'innocentes victimes eussent vu leur sang couler à flots.

La présence d'esprit du boyard sauva tout, Olympio s'esquiva. La vieille dame passa devant moi avec dignité, en secouant ses tire-bouchons; nous restâmes nous trois : le Prince, l'Anglais et moi, sous la lumière éclatante du grand lustre.

— Sortons — dis-je résolûment.

— *As you please* — répondit l'Anglais.

Nous nous mîmes en devoir d'issir de ce lieu, tous trois également préoccupés des graves événements qui allaient se passer. Avant d'entamer aucune explication, nous nous dirigeâmes, d'un com-

mun accord, vers le vestiaire pour y prendre chapeaux, cannes, parapluies et pardessus.

L'Anglais, ouvrant la marche, fendait la foule ;
mais, ce faisant, son œil rencontra le parapluie
d'un gros monsieur qui essayait de se frayer un
passage à travers la multitude. Peu patient, en ce
moment, l'Anglais riposta par un vigoureux coup
de poing appliqué sur la préface nasale du gros
monsieur.

Celui-ci cracha, jura, s'enflamma comme cent
kilogrammes de fulminate et joua si bien de son
parapluie, qu'il cogna un grand maigre avec des
moustaches militaires, lui insérant avec force son
riflard entre les dents.

Je ne pus m'empêcher d'éclater de rire en voyant
la grimace horrible du grand maigre. Bien mal
m'en prit, car il m'empoigna violemment par le
cou et m'enfonça ses deux pouces de fer dans la
gorge assez profondément pour me faire sortir les
amygdales par les narines. Mais, lui appliquant
sèchement ma rotule droite dans la région ombili-
cale, je pus lui faire lâcher

Heureusement pour nous trois, l'Anglais, le
boyard et moi, nous faisions le coup ensemble, ce
qui nous donnait un grand avantage. Nous parvînmes bientôt à nous frayer un passage à travers
ces enragés que nous quittâmes tranquillement
pour aller boire un verre de *fine* au Café de la Paix.

Ceux qui croient que les enseignes de café n'ont
aucune influence sur le moral des consommateurs,
se méprennent singulièrement.

A peine fûmes-nous sous la tente de ce caravan-
sérail à la branche d'olivier, que notre ardeur bel-
liqueuse se dissipa comme par enchantement;
après avoir ingurgité plusieurs petits verres nous
étions les meilleurs amis du monde.

Notre conversation dura quelque temps; nous
résolûmes de passer ensemble la soirée et même

de rester étroitement liés pendant tout notre sé-
jour à Paris. Vous connaîtrez par la suite, aimables Bostoniens, quelques-uns des exploits de ce
trio.

Lettre VII

VII

Où il est question de plusieurs choses fort drôles, entr'autres de la mort de l'Anglais.

COMME je vous l'ai fait pressentir dans ma dernière correspondance, chers Bostoniens, l'harmonie s'était rétablie entre l'Anglais et moi grâce à l'influence bienfaisante du Café de la Paix et de plusieurs petits verres de fine champagne.

Mais, de même que la théorie du mouvement

perpétuel est un rêve irréalisable caressé par
quelques marchands de carottes qui y trouvent
leur intérêt et quelques pièces de cent sous, de
même l'absorption continue et non interrompue
d'alcool ou de houblon est un exercice peu pratique.

C'est pour cette raison, en particulier, et pour
beaucoup d'autres en général, que nous nous déci-
dâmes à quitter la tente hospitalière du caravan-
sérail Dugléré pour porter nos pas, aussi allègres
que candencés, sur le bitume de ce fameux boulevard des Capucines.

Le mouvement des passants, l'éclat des lumières,
le roulement des voitures, le frou-frou des robes,
le son musical des voix harmonieuses des petites
Parisiennes qui riaient avec un bruit argentin,
toutes ces mille choses auraient suffi pour nous
griser si nous en avions eu besoin. Une fois sur
pied nous nous posâmes cette éternelle question
que l'on se répète cent fois par jour à Paris :

— Où allons-nous ?

— Où vous voudrez !

— Mais non, au contraire, je n'ai pas de préfé-
rence.

— Enfin, dites tout de même.

Et patati patata, en voilà pour une bonne demi-heure à baliverner inutilement.

Nous fûmes longtemps à nous décider, mais enfin nous nous arrêtâmes à l'Hippodrome qui, dans notre humeur joyeuse et chevaline, nous semblait être l'endroit le plus propice.

Nous ne tardâmes pas à pénétrer dans cette énorme arène qui peut lutter avec ce que l'antique a produit de plus phénoménal. On nous installa dans la loge du Maréchal (*sic*) et des jeunes personnes, avec des rubans à leurs bonnets, nous offrirent des petits bancs.

Le Prince s'assit au milieu de la loge, l'Anglais, dont le nom était Edward Shrimp, à sa droite, et moi à la gauche du boyard.

Dans cette attitude j'attendis les événements, calme et recueilli, l'esprit tranquille, l'âme inondée d'une douce béatitude.

Le Prince humait un partagas de taille gigantesque, Shrimp fumait une robuste pipe, envoyant dans le nez de dames, fort belles ma foi, d'énormes bouffées de *shag;* quant à moi, digne citoyen de notre glorieuse Union, je me contentais

de mâcher entre mes dents une odorante feuille de
Virginie, autrement dit, pour employer la langue
de ce pays, « je chiquais, » en expectorant avec
satisfaction dans l'arène sablée qui me servait de
crachoir.

La loge voisine contenait de fort belles femmes
en compagnie de messieurs à la figure fraîchement
rasée, aux moustaches cirées et soigneusement
relevées par les bouts. Quand ils ôtaient leurs élé-
gants chapeaux pour passer leurs mouchoirs, en
guise d'éponges, sur leurs fronts chargés de moi-
teur, on voyait leurs cheveux pommadés et frisés
avec soin ou bien on ne voyait que leur crâne nu
comme un genou.

13

Les dames étaient très blanches, probablement parce qu'elles s'étaient plongées dans un sac de farine avant de se produire au dehors; leurs lèvres, cependant, enduites de pommade au raisin, étaient d'un rouge à faire pâlir le sieur Carmin.

Elles avaient de fines tailles, serrées dans des corsets d'acier, qui jamais ne s'attendrissent; quoi que la maîtresse puisse faire, quoi qu'elle puisse avaler, la cuirasse inexorable répond à toutes les supplications : « J'ai ma consigne, tu ne passeras pas ». La poitrine s'étale avec abondance et se couvre de fleurs. L'œil est profond, cerclé de noir; quand la nature ne fait pas son devoir, un bout d'allumette brûlée peut réparer cet oubli.

Toutes ces belles personnes, tous ces beaux messieurs ne viennent pas à l'Hippodrome pour s'amuser. Ne croyez pas cela, car vous feriez une grosse erreur; ils viennent pour tuer le temps et digérer leur ennui.

Aussi, quand l'orchestre entame sa série de polkas, de galops et de valses et que l'arène se remplit d'une foule bigarrée à cheval, à pied ou en voiture, on ne remarque d'enthousiasme que chez les citoyens occupant les places de troisièmes.

Après vous avoir parlé des spectateurs, il faut nécessairement que je vous dise un mot des artistes, du spectacle et des incidents que j'ai à vous signaler.

Au commencement tout se passa bien. Nous vîmes arriver le carosse jaune du duc de Brunswick, attelé de quatre chevaux rouans, conduits par un cocher poudré, en culotte, deux laquais au banc. Quant aux personnes voiturées, c'étaient tantôt une troupe de clowns, tantôt un géant chinois, tantôt l'homme-canon.

Tout cela se faisait avec une splendeur et une étiquette dont la Régence seule peut donner la mesure. Je m'étonne même que dans un pays où tout ce qui touche à l'ancien régime est honni et banni, on puisse supporter de pareilles allusions, blessantes pour la République. Car enfin, vous avouerez qu'il est dur pour un peuple libre de se voir donner des leçons de tenue par des saltimbanques.

Nous autres, spectateurs désintéressés, avides de nous amuser, nous ne pensions pas à critiquer ces différentes choses ; puis les nombreux petits verres de fine commençaient à faire leur effet.

Le Prince se mettait à loucher horriblement en regardant nos voisines et Shrimp s'obstinait à leur souffler du *shag* dans le nez, malgré les regards méprisants qu'elles lui lançaient et les menaces non contenues des beaux messieurs. Quant à moi, je me sentais le corps d'une légèreté inouïe, tandis que ma tête me pesait horriblement.

Enfin, nous touchons à la fin, qui fut pour nous le commencement. Après avoir sauté, jonglé, couru, on se décida à donner une grande pièce fantastique représentant un tournoi, comme qui dirait chez nous une partie de boxe.

Seulement, au lieu de s'administrer de grands coups de poing sur la trompe, les gens étaient revêtus de casseroles et de marmites et juchés sur des chevaux recouverts de coupons de drap, rouges,

13.

verts ou jaunes. Cet incident excita notre colère au plus haut degré, à un tel point que de graves événements s'ensuivirent.

J'avais remarqué un jeune chevalier qui avait fait semblant de briser une lance avec un seigneur du moyen-âge. Il était parti, après avoir croisé son adversaire et sans avoir reçu le moindre coup de

tampon dans sa marmite. Il vint se poster près de
nous, et, comble de l'insolence, il osa relever sa
visière pour se donner de l'air; en même temps,
son cheval fit demi-tour et essaya de grimper dans
notre loge. C'en était trop!

Je fis tout ce qu'un honnête homme ou une
honnête femme eussent fait à ma place; je lui en-
voyai un peu de salive de Virginie dans l'œil, et je
recommençai le même procédé pour son cheval.

Jamais je n'ai vu deux bêtes plus furieuses : le
quadrupède recula de dix pas, le chevalier mit sa
lance en arrêt; tous les deux se précipitèrent sur
moi avec une furie trop apparente pour tromper
l'âme la plus innocente. Le but de ce destrier
et de son gentil écuyer était bien évident; il s'agissait de me transpercer de la lance et de piétiner sur
moi jusqu'à la mort. Il ne s'en fallut pas de beaucoup que ce charmant projet ne réussit avec un
plein succès. Je vis le moment, ô lecteurs Bostoniens, où ces Lettres allaient être interrompues de
la façon la plus tragique.

Heureusement le jus de tabac avait fait son œuvre : aveuglée par la salive brûlante, l'avalanche
passa à côté de moi et le choc tumultueux attei-

gnit Shrimp. Le pauvre Anglais fut mis en plusieurs petits morceaux, si bien qu'il fut impossible
de le ramasser.

Ce que voyant, le Prince et moi jugeâmes politique de nous défiler précipitamment. Bien nous en
prit, car quelques secondes plus tard, nous eussions
été démolis, broyés ; je n'aurais pas eu le plaisir,
chers Bostoniens, de vous narrer ces merveilleux
faits, dont la lecture sera sans doute pour vous
une source de jouissance très grande.

Lettre VIII

VIII

Où il est question de choses étonnantes !

 A dissolution tragique de notre ami Shrimp fut pour le Prince et moi un coup terrible; quoique nous ne le connaissions que depuis peu, il s'était déjà formé entre nous un lien intime et très sympathique.

Ce fut donc la mort dans l'âme que nous sortî-

mes de l'Hippodrome. Notre premier mouvement fut de nous donner mutuellement le bras
et de nous précipiter volontairement dans un
fiacre en nous écriant : « *E pluribus unum* » ; mais
la pensée que cet acte téméraire pourrait nous oc-
casionner les plus grands désagréments en com-
promettant très sérieusement notre santé, nous arrêta sur le bord du marche-pied.

Ensuite, toujours poursuivis par notre désespoir
fatal, il nous vint à l'idée de nous insinuer sournoi-
sement sous les roues d'un tramway; toutefois en
y réfléchissant, nous nous sommes dit : Dans ce
cas, qu'adviendrait-il ? Le tramway arriverait
sur nous ; les roues nous passeraient sur le corps
en nous coupant en deux ! Quel serait notre
bénéfice? quelle gloire tirerions-nous de l'aventure ? Piètre bénéfice ! mince gloire ! Aussi ce projet n'eut-il pas plus de succès que le premier.

En troisième et dernier lieu, nous nous décidâ-
mes à mourir noblement et en gentlemen, le jour
où on nous y forcerait.

Ce fut dans la clarté obscure que projetait sur
nous un bec de gaz éteint que notre plan fut
mûri.

Treize heures sonnèrent à l'horloge du Prince.

La nuit était sombre, bien que la lune brillât de son éclat accoutumé et qu'aucune des étoiles du firmament ne manquât à l'appel! La nuit était sombre, moralement sombre; on sentait dans les airs des bruissements lugubres, des vibrations sinistres!

Ce fut la voix mâle du Prince qui troubla le profond silence de la nuit.

— Mister Smith, me dit-il, les graves événements qui viennent de s'accomplir pèseront dans la balance de notre existence. La quadrature du cercle, ainsi qu'elle est comprise par les bipèdes en général, offre une frappante homogénéité avec la

14

position fort originale, déplaisante et de mauvais goût, que nous occupons en ce moment.

Je ne vois pas, Mister Smith, pour quelle raison un fabricant d'épingles de cravates n'aurait pas devant un bec de gaz les mêmes avantages qu'un Prince du Saint-Empire! Vous, homme de mérite, mathématicien remarquable, poëte rêveur, joueur de clarinette distingué, vous pouvez prétendre à tout. Le monde et les oiseaux, les poissons et les mers sont à vos pieds! Avez-vous dix francs sur vous ?

Cette péroraison imprévue de la grotesque harangue du boyard me laissa rêveur; ce voyant il continua.

— Smith, je vois avec honte et pitié pour toi que ton âme est aussi vile qu'une boîte de sardines. L'ascendant que le règne végétal exerce sur ton crâne exigu me frappe d'effroi et d'étonnement. La science approfondie que je possède de l'art phrénologique me permet de constater que ta surface encéphalique présente tous les signes honteux et déshonorants qui ont orné les bosses des plus grands criminels. La physiognomonie, au contraire, art qui n'a aucun secret pour moi, m'apprend que ta nature, perverse et insipide, se courbe vers toutes les bassesses ; aucune crasse n'est au-dessous de ton ignominie, les méfaits les plus horribles ne sont pour toi que des jeux d'enfant ! Oh ! Smith abominable ! as-tu un louis sur toi ?

Tant d'injures accumulées sur la tête d'un citoyen américain ne tardèrent pas à exciter ma colère. Aussi répondis-je à mon insulteur avec beaucoup de dignité et de calme extérieurs, quoique dans mon for intérieur je sentisse mille chats enragés me déchirer les entrailles :

— Prince russe, boyard flagellant ! ton ire bilieuse s'est infiltrée dans mon cœur comme une cuillerée de vinaigre dans un saladier. Ton abrupt chantage me fait supposer qu'un intérêt mercantile mal déguisé s'est dissimulé derrière ton éloquence de charlatan. Je crois aussi remarquer que l'absence totale de sens moral a dû inspirer la salive que tu viens de cracher si ignominieusement sur une des étoiles de l'Union américaine. Rappelle-toi, boyard, qu'en l'an 1492, Christophe Colomb mit pour la première fois le pied sur le sol qui me vit naître et rappelle-toi aussi que c'est aujourd'hui la première fois que Jonathan Smith de Massachussetts aura mis son pied en contact avec ton corps méprisable.

Ce disant, j'administrai quelques coups de bottes dans les rotules du Prince.

Me voyant livré à cet exercice, le boyard sourit
amèrement et m'interpella avec une courtoisie
respectueuse qui m'alla droit au cœur :

— Mister Smith, me dit-il, vous me démolissez
singulièrement ! Avez-vous quarante francs sur
vous ?

J'étais à bout de forces, et, las de combattre, je
tendis au noble Russe les deux pièces d'or qu'il mit
dans sa poche d'un geste élégant ; puis, se tournant
vers moi :

— Smith, me dit-il, tu viens d'accomplir un des
plus grands actes de ta vie. Dès aujourd'hui je te
prends sous ma protection. Jusqu'à ce moment,
j'avais douté de toi ; mais cela ne m'arrivera plus.
Aussi apprendras-tu à connaître et à apprécier la
valeur de mon amitié. Tu sauras quel prix on
doit attacher à la bienveillance d'un auguste per-
sonnage comme moi. Je veux te prouver d'une
manière éclatante jusqu'à quel point tu dois m'être
reconnaissant. Écoute-moi bien !

De plus en plus étonné par ce singulier escroc
qui me domptait, malgré tous mes efforts, je pris
le parti de me résigner à mon sort et de le suivre
jusqu'au bout.

14.

Après s'être mouché fortement, il tira de sa poche une gigantesque paire de ciseaux mesurant
deux mètres vingt-cinq de long et les fit briller à

mes yeux, en écartant violemment les branches
d'acier. Je sautai de vingt pas en arrière, mais il
me rassura en riant.

— Pauvre Smith, tu vois déjà combien il m'est
facile de t'effrayer; mais il ne s'agit pas de t'alar-
mer; c'est ton bien, ton bonheur que je désire, et
c'est avec ces ciseaux qui t'ont épouvanté que je
te rendrai riche comme un usurier, noble comme
un paladin, beau comme un ténor!

— Comment cela, lui dis-je, séduit par cette éblouissante perspective?

— C'est bien simple, reprit le boyard, seulement tu ne connaîtras mon plan que lorsqu'il sera un fait accompli; jure-moi seulement de m'obéir aveuglément et ta fortune est faite.

— Je le jure, m'écriai-je, subissant l'ascendant de cet homme remarquable.

— Demain matin donc, continua le Prince, tu te trouveras avec moi à midi devant le ballon captif; pour le moment, allons prendre quelque repos car ce jour fera date dans notre existence.

Prendre quelque repos! En pouvais-je trouver après la mystérieuse promesse que venait de me faire ce boyard ténébreux.

Ce fut, toutefois, en vain que j'essayai de lui arracher la plus légère indiscrétion sur la nature de ses projets. A mes questions insidieuses il ne répondit qu'en clignant sataniquement de l'œil.

Alors fidèle à la parole donnée, je résolus de suivre les ordres de mon maître; dans ma prochaine lettre, je vous ferai connaître les suites de cette aventure.

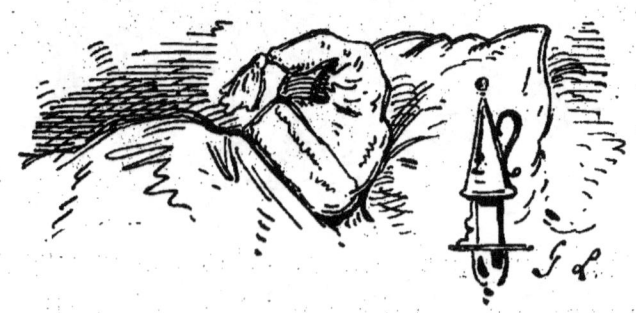

Lettre IX

IX

Où il est Question de la Sueur du Peuple ?

'INCERTITUDE où m'ont laissé les étranges confidences du Prince Floualoff m'a déterminé, lecteurs Bostoniens, à vous faire part, ce matin même, du résultat de mes recherches sur la Sueur du Peuple.

Qui sait ce que me réserve l'avenir ? A midi je

15

dois me trouver devant le ballon captif. Trois
heures me restent encore avant ce rendez-vous
fatal. Employons-les sans retard.

La tâche que j'entreprends m'est d'autant plus
imposée que j'ai reçu, il y a deux jours, de l'éditor
du *Boston Daily News* une lettre qui m'aurait
fait bondir d'indignation si je l'avais lue; mais j'ai
pris soin de ne pas m'exposer à cette triste éven-
tualité, car j'eusse bondi d'indignation assez fortement pour arriver chez Samuel Jones et lui
faire un mauvais parti, bien qu'il soit plus fort
que moi.

Désireux d'éviter l'effusion du sang d'un compa-
triote, qui est aussi mon Rédacteur en chef et de
plus mon banquier, je n'ai pas ouvert sa lettre;

la suscription seule de l'enveloppe m'a fait prévoir que cette épître devait contenir des injures;

voici quelle devait en être à peu près la teneur :

« *Boston Daily News*

« JONATHAN SMITH ESQ ;

« *Grand-Hôtel, Paris.*

« Sir , Send me bottle « Sueur du Peuple », or your resignation immediately.

« SAMUEL JONES, *Editor.* »

Eh bien oui, c'est facile à dire : « Envoyez une bouteille Sueur du Peuple ou votre démission immédiatement. » Envoyer ma démission, cela me serait très facile, ou plutôt cela me serait très pénible ; mais, enfin, il ne se présenterait aucune difficulté matérielle, bien que cette démarche dût me gêner considérablement. Envoyer une bouteille de Sueur du Peuple, c'est une tout autre question.

Cependant, quelle que soit la manière de voir de M. Jones, je n'ai pas entièrement perdu mon temps, et je vais vous exposer brièvement les recherches faites par moi sur cette intéressante matière.

Chercher la *Sueur du Peuple !* Procédons par méthode. Qu'est-ce que la sueur ?

Selon les uns, la sueur est une humeur aqueuse, sécrétée à la surface de la peau et condensée en gouttelettes par suite de l'élévation de la température extérieure, de mouvements ou d'efforts éner-

giques et prolongés, de certaines émotions et de certaines conditions. Je préfère, cependant, cette autre définition plus précise. La sueur, du latin *sudor,* est le produit de la transpiration cutanée sécrétée par les follicules sudoripares et se rassemblant en gouttelettes à la surface de la peau.

La sueur est composée, chimiquement, d'acide acétique, d'un peu de matière animale, de chlorhydrate de soude et de potasse, d'un atome de phosphate terreux et finalement d'oxyde de fer.

La sueur se fabrique à l'intérieur et se produit

à l'extérieur grâce à la porosité ou à la per-
méabilité du corps humain. C'est vous dire
qu'un homme enduit de bitume ne pourrait

plus suer, et c'est bien pour cette raison que les
gens, incrustés dans le vieux roc féodal et mo-
narchique, sont insensibles à toute action sudori-
fique. Car, mettez-vous bien dans la tête que l'état
poreux est à la sueur ce qu'est le homard à la sauce
mayonnaise, un complément indispensable.

Sans ces orifices des glandes ou follicules sudoripares, la sueur serait perdue pour les hommes, et
quel malheur, grand Dieu! surtout pour le pauvre
peuple qui ne pourrait plus gagner son pain ; dans

15.

tous les cas, le front ne lui manquerait toujours pas.

La porosité existe non-seulement dans l'organisme humain, mais aussi dans un très grand nombre de corps, même les plus denses, lesquels présentent des interstices ou pores assez développés pour être perméables aux gaz et même aux liquides.

Vous connaissez sans doute l'expérience de ces fameux académiciens de Florence, qui, après avoir rempli d'eau une sphère d'or, parvinrent, en la comprimant, à faire suinter le liquide à l'extérieur sous forme de rosée. Plus fort même que cela : si vous mélangez de l'alcool et de l'eau, le volume des mélanges est sensiblement moindre que la somme des volumes des deux parties, parce qu'une portion de l'alcool s'insinue dans les pores de l'eau.

Voyons maintenant comment se produit la sueur. Dans l'état de santé, elle est ordinairement provoquée par l'exposition à une forte chaleur ou par un exercice violent. Elle se présente alors sous la forme d'un liquide incolore, d'une odeur plus ou moins caractérisée, d'une saveur salée, qui sort par les pores de la peau. Dans la maladie il s'éta-

blit souvent une transpiration abondante ; dans les
affections aiguës, par exemple, dans les fièvres in-
termittentes à la fin de chaque crise, dans la phthisie
pulmonaire, dans la suette miliaire ou fièvre érup-
tive. Nous pouvons encore citer les sueurs froides
des agonisants, les sueurs visqueuses et fétides des
fièvres de mauvais caractère, les sueurs colliqua-
tives des poitrinaires.

Certaines personnes sont incommodées de
sueurs habituelles et circonscrites à diverses parties du corps : aux pieds, aux aisselles. Ces dernières sueurs, très fréquentes chez le peuple, exha-
lent, d'ordinaire, une odeur désagréable. Il serait
néanmoins dangereux pour la santé de chercher à
les supprimer.

Comment fait-on pour obtenir la sueur artificiellement ?

Les agents sudorifiques employés habituellement par les médecins sont les fumigations, les boissons chaudes, les bains tièdes, etc.

Jusqu'ici, nous n'avons envisagé la sueur qu'au point de vue de son action externe, il nous reste encore à voir comment elle est formée à l'intérieur du corps.

La sueur se produit au moyen de la *sécrétion*, mot qui signifie séparation, tirage. C'est une fonction physiologique par laquelle les corps vivants séparent de leur organisme certaines substances destinées à être rejetées au dehors ou à être transformées pour servir à l'accomplissement de divers actes. La sécrétion s'accomplit par les glandes qui en sont les organes.

Les glandes se divisent en véritables et fausses glandes.

Les premières ont pour éléments de petits utricules composés de deux parties : un cul-de-sac sécréteur où se produit le liquide particulier à la glande, et un canal excréteur, sorte de conduit qui sert au transport de ce liquide.

Ce conduit affecte différentes formes : il est sphé-
rique pour les follicules muqueux, cylindrique

pour les follicules sudoripares, — qui nous occu-
pent précisément, — etc., etc.

Le fond du cul-de-sac est tapissé d'une couche
de cellules bien développées, à noyaux apparents;
au-dessous se trouve une autre couche de cellules
plus petites qui touchent à la membrane d'enveloppe, membrane amorphe, sur laquelle viennent se ramifier les capillaires sanguins.

Ces cellules constituent le véritable tissu conducteur; elles se gonflent, elles éclatent au fur et à
mesure qu'elles se forment et dégagent ainsi le
liquide qu'elles contiennent et qui se reforme sans
cesse.

Pour en finir avec les glandes, celles dites

fausses ou glandes vasculaires sanguines n'ont pas de conduit excréteur. Les sécrétions sont donc mises en contact avec les glandes au moyen de la cellule épithéliale à la surface de laquelle est amené le sang qui fournit toutes les humeurs de l'économie.

Les sécrétions sont de deux sortes : récrémentielles, c'est-à-dire composées d'humeurs telles que la salive, la bile, le suc gastrique — et excrémentielles, c'est-à-dire composées de matières qui se produisent au dehors, comme la sueur.

Les sécrétions excrémentielles préexistent dans le sang, et les glandes les séparent comme un filtre ; au contraire, le sang ne renferme pas les sécrétions récrémentielles, mais seulement les éléments de leur formation.

Voilà donc comment la sueur se produit ; chez certains animaux elle jouit d'une influence extérieure bienfaisante.

Le mouton, par exemple, sécrète le suint qui est une matière grasse, onctueuse et très odorante. Elle remplace, chez cet animal, la sueur et la substance transpirable que l'on trouve chez les animaux ; elle s'attache à la toison, donne du moelleux à la laine et empêche l'eau d'y pénétrer. Plus une laine est fine, plus elle contient de suint; celle des

mérinos en contient environ les deux tiers de son poids, tandis que les laines communes ne contiennent que le quart du leur.

J'espère, lecteurs Bostoniens, que vous êtes maintenant bien renseignés sur la sueur et capables de transpirer à votre aise, avec connaissance de cause.

Si j'ai adopté cette méthode élégique (vous ajouterez peut-être ennuyeuse), c'est pour montrer à M. Samuel Jones que je fais mon devoir consciencieusement. Je n'ai rien voulu négliger pour atteindre ce but. A présent que nous avons épuisé la question sueur, arrivons au Peuple.

Ce mot dérive du latin *populus* qui vient lui-même du sanscrit *Par*, qui veut dire foule.

En résumé, « Sueur du Peuple » signifie par conséquent : humeur aqueuse, incolore et fétide qui sort des pores de la foule.

Eh bien! me direz-vous, pourquoi en fait-on si grand cas?

Pour quel motif a-t-on si bien glosé sur cette fameuse sueur du peuple?

Possède-t-elle des propriétés spéciales?

Rend-elle, comme le suint du mouton, la laine du peuple plus douce?

Il faut le croire, chers Bostoniens, car jamais on n'a tondu la foule avec autant de profit ni d'acharnement que depuis qu'on a découvert sa sueur.

J'ai parcouru, aimables lecteurs, un grand nombre de magasins où l'on vend des liqueurs et des drogues; j'ai mis tout en œuvre pour trouver un flacon de ce fameux élixir, régénérateur de la race humaine, mais je n'ai pas été heureux dans mes recherches.

Les uns m'ont ri au nez, les autres m'ont reçu comme un chien dans un jeu de quilles, plusieurs m'ont menacé de me conduire devant le commissaire de police pour attentat à la pudeur.

Enfin, j'ai vu un commissionnaire auvergnat qui me semblait être dans un état de sueur extraordinaire. J'allai à lui et le priai poliment de m'en mettre un peu de côté. Il me répondit par un formidable coup de poing qui faillit me briser la mâchoire.

Je fis part de cet incident au prince Floualoff qui partit d'un grand éclat de rire et m'appela même « serin de Yankee; » mais, me voyant froncer vigoureusement les sourcils devant cette expression peu parlementaire, il se reprit et s'efforça de me faire comprendre que la Sueur du Peuple était un terme de rhétorique (l'auriez-vous cru?) employé par les grammairiens politiques pour graisser les roues du char de l'État. Lorsque cet aimable dog-cart ne marche plus, on fait tout de suite appel à la Sueur du Peuple et la charrette se remet en mouvement, les chiens aussi.

Voilà ce que me dit le Prince ; je vous donne cette explication pour la valeur que vous voudrez bien lui prêter, mais j'en laisse l'entière responsabilité à mon ami Floualoff.

Bien que mes recherches, comme vous avez pu vous en apercevoir, aient été vaines jusqu'à ce jour, je n'en continuerai pas moins à m'occuper sérieusement de cette affaire et si un hasard heureux me favorise, je vous en ferai part.

Lettre X

X

Où l'on voit ce qu'on n'avait pas vu jusqu'ici.

 E programme arrêté par le Prince
Floualoff fut rigoureusement suivi ;
le lendemain de notre entrevue
nocturne, nous mîmes chacun un
faux nez et nous arrivâmes tous les deux devant le
ballon captif à l'heure de midi.

Sur l'ordre du Prince je pris deux billets —

payés de ma poche naturellement — et nous atten-
dîmes le moment de l'ascension.

L'aérostat, semblable à une énorme vessie,
se balançait dans les airs, agité par le moindre
vent. Autour de cet ascenseur peu perfectionné,
était groupée une masse compacte d'hommes, de
femmes et de petits enfants, qui regardaient le ballon captif avec une admiration respectueuse.

Non loin de l'embarcadère était installé un orchestre chargé d'égayer les esprits en chassant
toute idée mélancolique.

Nous avions, le Prince et moi, les premiers nu-
méros pour le prochain voyage et nous nous te-
nions prêts à grimper dans la moderne montgol-
fière.

Contrairement au règlement, nous emportions avec nous divers objets encombrants qui eussent dû nous faire interdire toute entrée dans la nacelle. J'étais notamment muni d'un sac de son, d'un seau de colle forte liquide et de quarante-cinq mètres de sparadrap. Le Prince portait une provision de poivre, dix mille mètres de câble goudronné, une outre énorme en peau d'éléphant pleine d'eau salée et une pompe à vapeur.

Grâce à l'influence du boyard, grâce aussi à une pièce de quarante francs qui glissa prestement de ma main dans le porte-monnaie du chef d'équipe de la machine aérienne, on nous laissa nous embarquer avec tous nos bagages.

Aux doux accords d'une mazurka langoureuse, l'aérostat s'éleva dans l'immensité de l'espace. Peu à peu, les hommes devenaient tout petits, tout petits; finalement, ils ne paraissaient pas plus grands que les mouchoirs qu'ils agitaient. Paris s'étalait au-dessous de nous comme une ville en carton tracée par un marchand de jouets.

Les passagers, accrochés aux cordages, contemplaient le splendide panorama qui se déroulait au-dessous d'eux, en laissant échapper des exclamations de ravissement, exclamations qui furent cruellement interrompues par le Prince Floualoff.

Lorsque le ballon eut atteint 3oo mètres d'élévation au-dessus du niveau de la place du Carrousel, il sortit vivement de la poche de son gilet ses ciseaux de deux mètres vingt-cinq, distribua quelques poignées de poivre dans les yeux des voyageurs, et, en un clin d'œil, coupa la tête à tout

le monde, sauf à votre serviteur et à lui-même, bien entendu.

Sur ce, le Prince me recommanda chaudement de prendre ces divers chefs, de les remplir de son et de coller sur chaque tronc mutilé une feuille de papier gommé pour arrêter l'hémorrhagie.

Pendant ce temps, il attachait son câble de dix
mille mètres à celui qui nous reliait à la terre, puis
coupait ce dernier au-dessus du nœud. De la sorte,
quand, en bas, on renversa la machine pour nous
redescendre, il commença à filer du câble à profu-
sion; nous nous mîmes à monter avec une vitesse
désespérante.

Lorsque les dix mille mètres de corde furent
épuisés, la machine nous redescendit, mais la
descente fut naturellement très lente. Ce résultat
avait bien été prévu et calculé par le Prince. Nous
nous mîmes donc à l'œuvre; il s'agissait maintenant de recoller ensemble les têtes et les corps.
Mais nous eûmes bien soin de ne pas reconstituer
les voyageurs tels qu'ils étaient avant l'ascension.

Nous mettions, par exemple, la tête d'un homme
barbu sur le corps d'une jeune mariée et *vice versâ;*
quand l'opération fut terminée, l'effet nous parut
irrésistible.

Pour mener à bien notre œuvre, nous ratta-
chions le crâne à la nuque au moyen d'une
bande de sparadrap, après avoir, tout d'abord, retiré la feuille de papier gommé qui arrêtait l'hémorrhagie. Puis, avec notre petite pompe à vapeur

appliquée aux narines, nous retirions de la tête
des voyageurs le son que nous y avions mis. Ce
son divisait et contenait le flot de sang qui s'élan-
çait au cerveau dès que la soudure était faite, et il
avait pour résultat d'empêcher une congestion cé-
rébrale.

La température glaciale que nous traversions
nous permit de mener à bien cette opération, qui
serait difficile et, je crois, même impossible sur la
terre.

Au bout d'un quart d'heure, nous retirâmes
les bandelettes de sparadrap et nous lavâmes les
blessures avec de l'eau de mer. Tous ces gens se
remirent aussitôt à parler et à gesticuler, comme
si rien d'extraordinaire ne leur était arrivé.

Peu de temps après, nous abordâmes; notre
premier soin fut de lancer des poignées de poivre
dans les yeux de toutes les personnes qui entouraient le ballon. Puis, entraînant nos bizarres victimes, nous les installâmes dans une énorme voiture de touristes que le Prince avait eu la précau-
tion de louer.

Notre équipage partit au grand trot, au milieu
de l'ahurissement général, et se dirigea vers l'Ex-

position. Il s'arrêta non loin de la ménagerie de Bidel, devant une grande baraque. La devanture, fraîchement peinte, représentait un groupe d'hommes au visage imberbe et de femmes au menton barbu qui ressemblaient assez exactement aux échantillons que nous conduisions. Nous fîmes entrer nos pensionnaires ; on les revêtit de costumes voyants et variés.

A l'extérieur, excitée par le tambour et la grosse

caisse, la foule se pressait déjà, impatiente d'assister à ce phénoménal spectacle.

Le Prince avait très habilement conduit son affaire ; aucun détail d'une entreprise si compliquée ne lui avait échappé.

Bientôt nous entendîmes les pièces d'or tomber dans la caisse comme une pluie bienfaisante. Notre exhibition dura vingt-quatre jours. Nous possédions environ une vingtaine de millions, quand, pour notre malheur, notre caissier s'avisa de prendre la fuite emportant avec lui tous nos bénéfices.

Ce fut un coup véritablement terrible : mais n'avions-nous pas toujours un trésor inépuisable ? Aussi, après avoir versé quelques larmes, nous ne tardâmes pas à nous consoler de cette perte.

Malheureusement, pour nous comme pour les autres, cette catastrophe ne vint pas seule.

Le lendemain même de la fuite du caissier, nous reçûmes un avis par lequel le célèbre professeur russe Kretinskoff nous informait qu'attiré par le bruit qui se faisait autour de notre exposition, il s'était décidé à nous rendre visite.

L'illustre savant sollicitait la permission de se livrer à quelques expériences sur nos remarquables sujets. Nous nous empressâmes d'accéder au désir exprimé par le célèbre Kretinskoff.

Le soir même, vers les huit heures, nous vîmes arriver un homme de taille élevée, portant une

longue barbe blanche. Sous le bras il tenait une
série de tubes en serpentin contournés de diffé-

rentes façons. Un *alter ego* marchait derrière lui,
chargé d'un trépied à réchaud qu'il déposa au milieu de la salle à peu de distance de nos pensionnaires.

Les femmes riaient dans leur barbe à la vue
de ce singulier manége et les hommes minau-
daient d'une façon charmante.

17.

Le réchaud fut allumé ; on ajusta le système de tubes sur le trépied. Quelques instants après, un énorme bouchon qui fermait l'orifice de l'appareil sauta avec fracas. Immédiatement la salle fut remplie d'un gaz qui nous arracha les cheveux du crâne et les ongles des doigts.

Mais sur nos pensionnaires l'effet fut bien autrement fort ; toutes les têtes s'envolèrent subitement et vinrent se replacer sur leurs troncs primitifs et respectifs ; du même coup, chacun rentra en possession de sa personnalité.

A ce dénoûment imprévu, le Prince et moi trouvâmes judicieux de nous esquiver, sans demander au célèbre Kretinskoff des dommages-intérêts pour le tort qu'il nous avait causé.

Nous rentrâmes au Grand-Hôtel après avoir ôté les faux-nez que nous avions portés durant toute cette expédition, et qui, d'ailleurs, étaient devenus trop petits pour le nez que nous faisions.

Lettre XI

XI

 MAGINEZ-VOUS, chers lecteurs Bostoniens, que, depuis deux ou trois jours, il est complétement impossible de trouver un fiacre à Paris, à moins de le payer plus cher qu'un mail-coach à quatre chevaux conduit par un ministre ou un sous-secrétaire d'État.

Jamais la capitale n'a présenté un aspect plus triste; quand je dis jamais, je me trompe; le cas s'est déjà produit et se reproduira probablement très souvent, car MM. les cochers sont, en somme, des citoyens comme les autres, et, dans un pays où chacun est souverain, excepté les rois, les automédons peuvent se mettre en grève et même en Grévy, tant que cela leur fera plaisir.

Paris est désert, les rues ressemblent aux allées d'un cimetière, et les boutiques étincelantes qui les bordent font mal à voir, ainsi qu'une robe voyante dans le champ des morts.

Quelques rares voitures de financiers ou de médecins sillonnent seules les voies publiques en compagnie des omnibus et des tramways qui jubilent en ce moment : d'abord, parce qu'on s'inscrit deux jours à l'avance pour avoir une place, ensuite parce que les conducteurs peuvent s'amuser plus que d'habitude.

La Compagnie générale et les loueurs ont essayé de mettre en circulation quelques voitures confiées aux mains peu habiles de gens recrutés dans tous les mondes excepté le monde des cochers. On y voit des candidats à la députation, des allumeurs de réverbères, des chiffonniers en disponibilité, des boursiers décavés et des marchands de contre-marques retraités.

Malheur à l'imprudent qui ose remettre le soin de son existence à ces parias de la grève! Heureux le gendre qui peut persuader à sa belle-mère de prendre l'air dans une de ces guimbardes; il sera bien sûr **de ne pas la revoir en entier!**

Les gens soucieux de conserver leur peau intacte prient le cocher de monter dans la voiture et grimpent sur le siége pour prendre eux-mêmes les guides; ce n'est pas très drôle, mais c'est beaucoup plus sûr.

18

Reste encore la ressource de dételer le cheval et
de l'introduire dans le fiacre; le cocher peut alors
rester sans inconvénient sur son siége, mais on est
forcé de traîner la voiture soi-même.

Cet état de choses mit mon esprit de Yankee en
travail pour trouver un remède aux désagréments
que le manque de voitures me causait. Je n'eus
pas à chercher longtemps ; mon génie d'inventeur
me fournit bientôt un moyen des plus simples. Je
m'empressai d'aller trouver le Prince et de lui com-
muniquer mon projet; il me serra les mains avec
effusion et m'enveloppa d'un regard admirateur.
Nous sortîmes imbus de notre idée; bientôt après
on eût pu nous voir circulant gracieusement en vélocipède dans les rues de Paris au milieu des voitures qui manquaient.

Nous eûmes à soutenir plusieurs chasses de la
part des sergents de ville; mais, grâce à nos solides
jarrets, ces tentatives ayant pour but d'entraver
notre liberté d'action ne furent pas heureuses.
Vous me demanderez peut-être la cause de ces
poursuites ? C'est parce qu'il est défendu de circuler
en vélocipède dans certaines voies de Paris.

Mais nous n'observions guère ce règlement, pas

plus que nous ne faisions attention aux remon-
trances, ni aux mouvements de bras énergiques de
ces braves gardiens de la paix publique, protecteurs
de la sûreté des citoyens et des citoyennes. Ce fut
en cet équipage que nous fîmes le tour des boule-
vards et que nous montâmes les Champs-Elysées,
suivis par une bande d'au moins trente policemen,
car, à chaque coin de rue, le nombre en augmentait.

Beaucoup de gens nous voyant passer s'imagi-
naient que nous étions une pompe à vapeur courant à un incendie.

Cependant notre folle course ne devait pas toujours durer comme celle du Juif Errant ; nous re-
vînmes du Bois, toujours avec notre peloton à nos
trousses ; nous sautâmes les chaînes qui entourent
l'Arc de Triomphe, et passâmes majestueusement
sous cette voûte glorieuse. Mais, de l'autre côté, nos
oreilles furent assaillies par des sons lugubres, et
nos yeux effarés aperçurent une voiture de tramway
qui traversait les Champs-Elysées.

Je crus à une hallucination. Comment, me dis-je
mentalement, les Parisiens auraient laissé violer la
plus belle voie du monde, la gloire de leur cité,
l'admiration de l'univers, par cet horrible coucou

18.

se traînant ignominieusement sur des barres de
fer! Hélas! oui, c'était trop vrai! Mais nous nous
en aperçûmes trop tard.

Lancés d'un train qui dépasse toute expression,
nous nous heurtâmes violemment contre la caisse
de la lourde voiture, et l'impulsion était telle que
les vélocipèdes rebondirent en l'air, passèrent pardessus l'impériale, enlevant quelques têtes de
voyageurs, et retombèrent de l'autre côté en conti-

nuant leur course, sans que notre équilibre fût
dérangé le moins du monde.

Ce fait étonnant, qui laisse bien loin derrière lui
les aventures les plus extraordinaires, tant dans les
pays chauds que dans les régions glaciales, frappa
d'ahurissement tous les spectateurs.

Mais ce qui les frappa davantage et cette fois-ci d'épouvante, je dirai même d'horreur, ce fut de voir les malheureux sergents de ville, victimes de leur consigne, glisser sous les roues du tramway et se faire couper en petits morceaux plutôt que de quitter notre piste. Inutile de vous dire que nous ne nous sommes pas arrêtés pour les ramasser.

Rentrés à l'hôtel, notre premier soin fut de défaire le plancher et d'enterrer nos vélocipèdes, craignant, avec raison, les poursuites qui ne pouvaient manquer d'être dirigées contre nous. Malheureusement, notre tentative n'eut pas le succès que nous en attendions.

A peine eûmes-nous posé nos vélocipèdes sur le plancher mis à nu, que le plafond s'effondra sous nos pieds et nous vîmes, chose horrible, les deux véhicules tomber avec fracas sur une famille entière assise autour d'une table et buvant de la bière.

Je n'essaierai pas de vous peindre l'impression pénible que produisit sur nous l'aspect d'un père, d'une mère et de quatorze enfants, dont quinze filles, gisant inanimés autour de cette table, qui, quelques instants auparavant, avait été pour eux une table de festin.

Notre chute s'était opérée en même temps que celle des vélocipèdes, seulement nous ne nous fîmes aucun mal.

Cette épouvantable aventure jeta l'effroi dans nos âmes ; déjà devant nous se dressait l'horrible guillotine qui devait forcément couronner nos exploits en nous découronnant nous-mêmes.

Le bruit que fit cet effondrement attira naturellement l'attention des gens de l'hôtel, et nous entendîmes des pas qui se précipitaient vers la pièce. Nous étions perdus !

Un instant de plus, tout était fini ! Soudain un éclair traversa mon cerveau. Je communiquai mon idée au Prince et, sans perdre une minute, nous

nous couchâmes tous deux, parmi les cadavres de nos innocentes victimes.

Notre ruse réussit à merveille; la frayeur qui nous glaçait était si réelle et si intense qu'on nous prit pour des trépassés; on s'empressa de nous expédier à la Morgue.

Nous y fûmes accueillis d'une façon charmante; après qu'on nous eût mis complétement à notre aise au point de vue habillement, on nous coucha sur des dalles assez froides pour geler un mort.

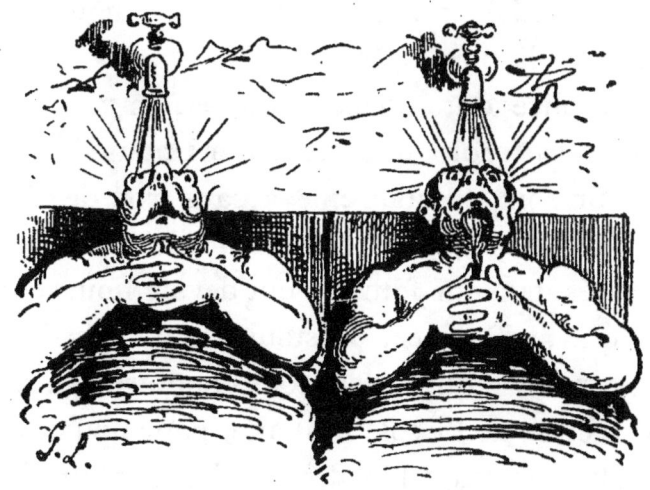

Oh! lecteurs Bostoniens, la plume ne peut pas rendre les angoisses que nous endurâmes. Ce qui me navra le plus, ce fut assurément d'entendre les plaisanteries auxquelles la foule grossière se livrait sur notre personne, surtout sur la mienne.

Les uns prétendaient que j'étais un fameux voleur noyé dans un incendie allumé par ses propres mains. D'autres me représentaient comme un célèbre assassin de Londres qui avait coutume de violer treize femmes chaque nuit ; ceux-ci affirmaient que j'étais un échappé de la Nouvelle-Calédonie et que c'était moi qui avais déboulonné la colonne Vendôme; tous, d'un consentement unanime, s'accordaient à me trouver une figure de mécréant de la pire espèce.

Ce supplice dura deux jours, et, en vérité, je commençais à croire que j'étais mort pour de bon, quand, un soir, on nous enleva, sans trop de cérémonie. Nous quittâmes notre dalle humide pour être hissés dans un fourgon qui devait nous conduire où..... Devinez, Bostoniens, ou plutôt ne devinez pas ! — qui devait nous conduire à la salle de dissection de l'École pratique, pour nous livrer au scalpel impitoyable des carabins, pour faire hacher notre pauvre corps comme de la charcuterie.

O Bostoniens, quelles angoisses ! Quelle frayeur !

Encore un peu nous serions morts tout à fait. Placés dans l'alternative de périr sur l'échafaud ou de nous laisser découper en petits morceaux par un apprenti médecin, aucune hésitation ne nous était plus possible. Nous prîmes donc la résolution de défoncer la voiture funèbre.

Hélas ! nos efforts n'eurent d'autre résultat que d'épouvanter effroyablement le conducteur qui s'empressa de décamper laissant là son véhicule. Livrés à eux-mêmes et d'ailleurs excités par le bruit, les chevaux ne tardèrent pas à prendre le galop ; ils se lancèrent dans une course vertigineuse.

Toute nouvelle tentative était inutile ; nous demeurâmes dans la voiture mortuaire, littéralement glacés de terreur. Quelques minutes s'écoulèrent qui nous semblèrent durer des siècles ; enfin, un bond des chevaux, plus formidable que tous les autres, fut suivi d'un choc violent; nous sentîmes l'air frais nous inonder. La voiture avait culbuté et le contre-coup avait brisé la porte.

Bien que faibles, bien que meurtris, nous ne fûmes pas longs à sortir de notre prison roulante. Nous étions dans un quartier désert, au bord de

la Seine ; un pas de plus et nous tombions à l'eau.
La voiture avait heurté un tas de pierres et cet
obstacle nous avait sauvés.

Cependant notre embarras n'était pas mince ;
nous étions là presque morts, sans vêtements,
privés depuis trois jours de toute nourriture,
n'ayant nul secours à espérer, et, au contraire,
tremblants d'être découverts et arrêtés.

Pourtant, il fallait prendre un parti quelconque ;
nous nous tînmes à celui-ci : relever les chevaux
qui étaient vigoureux et en bon état, jeter sur
nous de grands draps blancs que nous découvrî-
mes dans le coffre de la voiture, enfourcher l'atte-
lage et trouver un gîte à tout prix. Nous étions
résolus à ne reculer devant rien puisque nous n'a-
vions rien à perdre.

Nous partîmes dans cet attirail et vous pouvez

être assurés que jamais spectacle plus effrayant ne s'offrit aux regards des mortels.

Après un quart d'heure de cette course fantasti-que, nous parvînmes devant une maison borgne qui paraissait être l'habitation d'un marchand de vins. A l'intérieur brillait une lumière dont nous distinguions l'éclat à travers une lucarne située au-dessus de la porte.

Nous arrêtâmes nos chevaux ; le Prince mit pied à terre et frappa.

Au bout d'un instant, la porte s'ouvrit, un homme parut sur le seuil, mais son apparition ne

19

fut pas longue. Il se retira sur-le-champ et avec
une précipitation telle qu'il ne songea pas à refer-

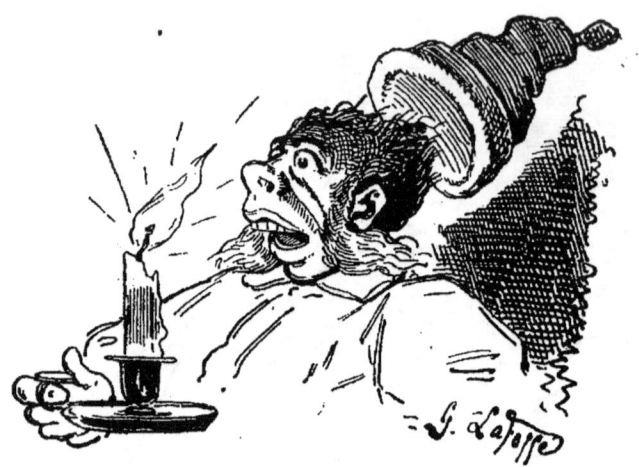

mer l'entrée de son logis, ce que voyant, je me
laissai choir à terre et je me glissai derrière le
Prince qui s'était empressé d'entrer dans la taverne.
Il n'y avait plus trace d'être humain dans les
deux pièces dont se composait le débit, mais une
croisée était ouverte. En regardant au dehors,
nous vîmes deux hommes sauter sur nos chevaux
et s'éloigner au triple galop.

Cet échange de bons procédés ne nous déplut
pas trop ; après avoir soigneusement fermé la porte
du local, nous nous mîmes en devoir de chercher

ce dont nous avions un besoin si urgent : des vêtements et de la nourriture.

La suite de cette stupéfiante aventure, chers
Bostoniens, vous sera narrée dans ma prochaine
lettre.

Lettre XII

XII

 PRÈS de nombreuses perquisitions nous finîmes par découvrir dans notre refuge des victuailles en quantité très suffisante ; quant aux liquides, il n'en manquait pas.

Pendant trois nuits et deux jours nos mâchoires fonctionnèrent sans interruption ; à la fin, le sommeil nous gagna et nous dormîmes je ne sais combien de jours ni combien de semaines. Nous serions peut–être encore dans cet état léthargique, faisant une concurrence sérieuse aux sept dormeurs d'Éphèse, sans une occurrence fâcheuse.

Nous fûmes violmement réveillés un matin par des coups formidables et répétés donnés sur la devanture de la boutique. Nous nous levâmes en sursaut et je courus regarder par une fente de la porte ce qui se passait dehors.

Je reconnus un grand nombre de gendarmes et quelques civils entre autre, M. Krantz, Directeur de l'Exposition Universelle. On nous somma d'ouvrir, mais nous nous empressâmes de ne pas le faire,

tout en cherchant un abri pour nous soustraire à cette dangereuse poursuite. Derrière le cabaret se trouvait une grande pièce remplie d'objets bizarres ; on aurait dit une ménagerie posthume contenant une collection de tous les animaux du monde entier.

Il est probable que le mastroquet exerçait la double profession d'empoisonneur d'hommes et d'empailleur de bêtes féroces ; à la vue de ce jardin zoologique en chambre, une idée sublime traversa mon cerveau :

— Voilà pour nous un moyen de salut, criai-je au Prince ; insinuons-nous dans une carcasse prise au hasard ; on ne nous retrouvera pas.

Aussitôt dit, aussitôt fait.

Notre costume plus que léger et notre maigreur phénoménale facilitèrent beaucoup l'exécution de ce projet. Je me glissai aisément dans la dépouille d'une autruche et je dois avouer que je m'y trouvai à merveille. Quant au Prince, il s'introduisit dans l'estomac d'un crocodile.

A peine eûmes-nous opéré ce changement à vue, que la porte de la boutique s'ouvrit violemment, et que nous entendîmes une voix de Stentor s'écrier : « *Rendez-vous au nom de la Loterie Nationale !* » puis de grands trépignements ébranlèrent la pièce voisine et ensuite celle où nous nous trouvions. A notre vue, les intrus poussèrent des cris de joie.

— Les voilà donc, hurlèrent-ils, ces fameuses bêtes, dont on nous avait signalé l'existence par lettre anonyme! Emportons-les bien vite, cela fera un million de billets de plus.

Et là-dessus, on nous empoigna pour nous hisser dans une charrette qui se dirigea vers le Palais de l'Industrie.

Tout d'abord, je ne compris trop rien à toute cette manœuvre; mais, par la suite, la lumière se fit dans mon esprit. Je devinai qu'on avait fabriqué une immense loterie dite nationale, comme toute chose qui n'a pas un autre nom avouable.

Or, les gens que nous avions chassés de leur gargote avaient sans doute ressenti une frayeur telle qu'ils n'avaient pas osé y retourner. D'un autre côté, comme cela devait les gêner considérablement, ils avaient imaginé d'envoyer une lettre anonyme à M. Krantz pour lui dire qu'à tel endroit se trouvaient plusieurs lots splendides.

Nous voilà donc installés au palais de l'Industrie parmi les gros lots.

On m'avait mis sur l'estomac un numéro matricule et une pancarte sur laquelle était écrit : « Ne

20

touchez pas aux lots, S. V. P. » Ce qui n'empêchait pas les petites femmes de me pincer les mollets en passant et de s'écrier : « Oh, cet amour d'autruche ! » et puis elles me chipaient mes plumes pour mettre à leurs chapeaux. Au bout de trois jours, j'étais nu comme une asperge.

Si les journées étaient longues et laborieuses, les soirées, en revanche, étaient pleines de charme.

Nous quittions alors notre incognito forcé pour visiter les caisses de fromages et les conserves alimentaires. Nous ne manquions pas non plus de faire une tournée du côté de la cave et là nous nous rattrapions de la maigreur du menu.

Ensuite, nous nous abandonnions à un petit somme, et vers sept heures du matin, nous rentrions dans notre rôle de gros lots.

Que de fois l'envie m'a pris de m'emparer du fameux service de 125,000 francs qui causait tant de plaisir à ces mêmes jolies femmes qui me volaient mes plumes, mais je me disais toujours : « Attends un peu, tu es bien maintenant, tu as un emploi honorable, ne t'expose pas à perdre ta position. »

Enfin arriva le jour du tirage. J'attendais avec

anxiété le résultat ; mon sort en dépendait, puisque ma vie était entre les mains de l'homme ou de la femme qui me gagnerait.

Quelles heures d'angoisse !

Un jour cependant, on vint **mettre un terme à** mon inquiétude ; je vis, accompagné d'un **gardien,** un homme se poster devant moi : je reconnus James Gordon Bennett, esq.

Imaginez-vous ma surprise ! Franchement, me dis-je, cet homme est trop fort : je suis parti de Boston avec le programme arrêté de le combattre par tous les moyens, et..... il me gagne..... à la Loterie Nationale ! !

Voyant cet état de choses, chers Bostoniens, j'ai pris résolûment mon parti ; je vous lâche vous et le « *Boston Daily News* » pour Bennett et le « *New York Hérald* »

Donc, plus de correspondance parisienne, plus de lettres de Jonathan Smith. J'espère que cette perte vous sera sensible et je vous quitte en me berçant de cette douce illusion.

P. S. — Le Prince, mon ami, a été gagné par M. Ziedler, directeur de l'Hippodrôme, qui le fait figurer dans sa pantomime, les *Zegs-Zegs*. Plaignez son malheureux sort et surtout celui des spectateurs !

Table

TABLE DES MATIÈRES